DREAMBOOKS

DREAMBOOKS

進士武林

진사무림

4

봉황송 신무협 장편소설

ORIENTAL FANTASY STORY & ADVENTURE

dream books
드림북스

진사무림 4

초판 1쇄 인쇄 / 2014년 8월 29일
초판 1쇄 발행 / 2014년 9월 5일

지은이 / 봉황송

발행인 / 오영배
책임편집 / 편집부
펴낸 곳 / (주)삼양출판사 · 드림북스

주소 / 서울특별시 강북구 솔샘로67길 92
대표 전화 / 02-980-2112 팩스 / 02-983-0660
편집부 전화 / 02-980-2116 팩스 / 02-983-8201
블로그 / blog.naver.com/dreambookss

등록번호 / 제9-00046호
등록일자 / 1999년 3월 11일

값 8,000원

ISBN 978-89-542-5449-6 (04810) / 978-89-542-5445-8 (세트)

* 지은이와 협의하에 인지는 생략합니다.
* 잘못된 책은 구입한 곳에서 바꾸어 드립니다.

이 도서의 국립중앙도서관 출판시도서목록(CIP)은 서지정보유통지원시스템홈페이지(http://seoji.nl.go.kr)와 국가자료공동목록시스템(http://www.nl.go.kr/kolisnet)에서 이용하실 수 있습니다. **(CIP제어번호:2014025448)**

進士武林

진사무림

4

봉황송 신무협 장편소설

ORIENTAL FANTASY STORY & ADVENTURE

dream books
드림북스

進士武林
진사무림

목차

第一章

옥화장

옥화장은 흑도 계열의 뒷골목 조직으로, 암흑가에서 활동한다.

암흑가라고 하지만 무시하면 곤란하다.

조직원 수만 해도 삼백 명을 넘어서는 큰 조직인데, 말이 조직이지 문파나 다름없다. 다만 북경에서 흑도 계열의 문파는 활동의 제약이 상당하기에 뒷골목 조직의 탈을 쓰고 있을 뿐이다.

옥화장은 사채와 밀수가 주 수입원이며, 암암리에 인신매매도 벌인다. 옥화장이 다스리고 있는 구역에서 받는 세금인 보호비 또한 상당하다.

삼백 명의 조직원들을 이끌어 가기 위해서는 상당한 돈이 필요하기 때문에 옥화장은 필요한 돈을 넘어 더욱 많이 벌어들인다.

이런 옥화장에 골칫거리가 등장했다.

바로 이한열이다.

옥화장이 다스리고 있는 구역에서 사채와 보호비의 수입이 줄어들었다.

바로 이한열의 개입으로 인해서였다.

이로 인해 옥화장주인 화정목이 분노했고, 이는 청부 살인으로 연결됐다. 화정목은 옥화장의 개입 사실을 숨기기 위해 낭인들을 고용했다.

옥화장주가 볼 때, 이한열은 쉽게 처리할 수 있는 대상에 불과했다. 간단하게 죽일 수 있고, 그 뒤처리로 약간의 작업만 필요할 뿐이었다.

이한열이 옥화장에게 우습게 보였다.

그렇기에 현직 관리인 그를 청부 살인하려고 한 것이다.

북경에서 자신이 얼마나 작게 느껴지는지 이한열은 이번 일을 통해서 다시금 깨달았다.

될 수 있으면 적을 만들지 않고 관리 생활을 하려고 했지만 상황이 그렇게 되도록 하지 않았다. 어쩔 수 없이 짓밟고 올라가야만 하는 현실이었다.

이미 자신을 죽이려고 한 적에게 가만히 있을 이한열이 아니었다. 죽이려고 하는 사람은 반대로 죽임을 당할 수도 있었다.

"이번에 옥화장을 먹는다."

이한열은 옥화장을 처리하면서 그걸 빼앗을 생각이었다.

그 전에 그는 학사답게 옥화장에 대한 정보가 무척이나 부족하다는 사실을 깨달았다. 그리고 그런 문제를 해결해 줄 수 있는 좋은 사람을 알았다.

그는 곧바로 금의위 천태웅과 만나 이번 사태에 대해서 설명했다.

"감히 현직 관리인 진사를 노리다니! 옥화장 놈들을 당장에 박살 내자."

천태웅이 길길이 뛰었다.

공권력을 동원하면 옥화장 따윈 금방이라도 지워 버릴 수 있었다.

"그렇게 화만 내지 말고 잠시만 진정하세요."

이한열이 천태웅을 진정시켰다.

목숨을 위협당한 이한열보다 천태웅이 더욱 화를 내고 있는 상황이었다.

천태웅은 이한열을 무척이나 아꼈다.

의동생이기도 했지만 뛰어난 기지를 가지고 있는 데다 그에게 많은 돈을 안기고 있기 때문이다. 이한열이 사라지게 된다면 천태웅의 입장에선 무척이나 불편해진다. 익숙해진 돈맛은 그를 이한열에게서 벗어날 수 없게 만들었다.

"말만 하게. 현직 관리를 노린 옥화장 놈들을 지워 버리는 건 일도 아닐세."

"알고 있습니다. 저도 옥화장 놈들을 북경에서 없애 버릴 생각입니다."

"잘 생각했네. 그런 놈들은 버러지일세. 단지 필요악이기에 그냥 방관하고 있을 뿐이야."

천태웅이 말했다.

금의위는 북경의 세력에 대해 항상 경계를 늦추지 않았다. 혹시라도 벌어질 반란에 대비하여 항시 감시했다. 그리고 그에 대한 보고서와 정보들이 금의위에 있었다.

옥화장 또한 금의위의 감시 범위에서 벗어나지 못한다. 단지 크게 신경 쓸 필요가 없을 정도로 작고 보잘것없다는 점이 특이 사항이라면 사항이었다.

"저는 이번 기회에 옥화장 놈들을 처리하면서 이득이 되는 쪽으로 움직이려고 합니다."

"무슨 소리인가?"

천태웅의 눈빛이 반짝였다.

그는 이한열의 뛰어남을 믿었다.

이한열은 단순히 힘만 쓰는 것이 아니라 자신에게 유리하도록 상황을 움직일 수 있는 지혜가 있었다. 그리고 그런 지혜가 지금 발휘됐다.

"옥화장을 지워 버리는 동시에 흡수할 생각입니다."

이한열이 웃으며 말했다.

"흑도 계열의 암흑 조직을?"

"옥화장을 새롭게 태어나게 할 생각입니다. 그렇게 한다면 큰 무리가 없을 겁니다."

이한열은 옥화장을 새롭게 조작, 조직할 생각이었다.

그렇게 한다면 좀 더 강한 다른 조직이 탄생하게 된다.

"그렇게 해도 괜찮을까? 잘못하면 문제가 될 수 있음이야."

천태웅이 우려했다.

현직 관리가 흑도 계열의 암흑 조직을 다스린다?

잘못하면 파직을 당하고 심지어 감옥에 들어갈 수도 있었다.

"괜찮습니다. 어차피 북경에 있었던 옥화장입니다. 그걸 흡수한다고 해서 크게 문제가 되진 않을 거라 생각합니다. 그리고 그 과정에서 금의위를 끼고 움직일 겁니다."

"어떻게 한다는 건가?"

"옥화장을 흡수하면서 생겨날 이득의 오 할을 금의위 분들에게 드리겠습니다. 대신 옥화장에 대한 정보와 앞으로 벌어질 일들에 대해 협조를 부탁드립니다."

이한열이 말했다.

그는 애당초 혼자서 움직일 생각이 없었다.

소도 비빌 언덕이 있어야 하는 법!

특히 북경에선 관리의 행동이 그랬다. 아무런 배경도 없이 움직였다간 큰 곤경에 처할 수 있었다. 관리로 살면서 이한열은 그런 사실을 뼈저리게 느꼈다.

북경에서 하급 관리는 절대 홀로 잘난 척을 말아야 했다. 그랬다간 한순간에 목이 날아갈 수도 있었다.

금의위의 협조라면 이한열이 움직이는 데 문제가 없었다.

"음!"

천태웅이 손가락으로 탁자를 치면서 생각했다.

탁! 탁! 탁!

이한열의 제안은 천태웅에게 있어 나쁘지 않았다. 아니, 오히려 좋았다.

"오 할이면 너무 많은 것 아닌가?"

"아닙니다. 반대로 오 할이나 남는 겁니다."

이한열은 필요한 경우 돈을 아끼지 않았다.

'돈에 구차해지지 말자. 돈이 있으면 좋지만 지금까지 없이도 살아왔다. 돈에 집착하지 말자.'

그는 돈의 노예가 될 생각이 눈곱만치도 없었다.

옥화장을 차지할 경우, 이한열은 없던 돈이 갑자기 생겨나는 셈이다. 그런 돈을 아끼려고 차지하지 못하는 것보다 쓸 때 화끈하게 쓰는 편이 여러모로 유리했다.

한두 번 벌일 일이 아니었다.

금의위와는 좋은 관계를 유지하는 편이 이한열에게 편했다.

"알겠네. 그렇게 하기로 하지."

천태웅은 이한열의 제안을 받아들이기로 결정했다.

"감사합니다."

"아직 확정된 것이 아니야. 위에 보고를 해야 하네."

"알고 있습니다. 형님이라면 틀림없이 승낙을 받을 수 있을 겁니다."

이한열의 말에는 자신감이 넘쳤다.

그도 천태웅이 금의위에서 어떤 상황에 있는지 잘 알았다. 그리고 이번 옥화장 문제를 금의위가 순순히 받아들일 거라고 결론 내렸다.

'언제 어디로 튈지 모르는 옥화장이니 금의위에서도 진사인 내가 다스리는 걸 선호할 것이다.'

금의위의 비호 아래에서라면 이한열이 옥화장을 차지하는 건 일도 아니었다.

북경에서 이한열에게 있어 가장 큰 무기 가운데 하나가 바로 돈이었다. 이한열은 그런 돈을 이용해서 금의위의 비호를 받으려 했다.

이한열은 이미 싸움에 들어가기 전부터 이겼다고 생각했다.

'싸우기 전에 이미 승부는 결정 난다.'

이한열은 학사였다.

그는 싸우기 전부터 미리 준비하는 자였다.

먼저 자신을 돌보고 적을 살핀다.

지피지기면 백전백승이라!

복잡한 현실의 문제를 하나하나 정교하게 따져 보면 승패를 가늠할 수 있다. 그리고 승패를 알 수 있다면 싸움도 무섭지 않다.

"옥화장에 대한 정보를 가져다주세요. 그리고 옥화장의 움직임도 살펴 주면 좋겠습니다."

이한열은 옥화장에 대해 하나부터 열까지 모두 알기를 원했다. 많이 알수록 문제점들을 없애 나갈 수 있기 때문이었다.

"정보들은 곧바로 가져다주지."

"그리고 옥화장과 싸우기 위해서는 무력을 갖춘 사람들이 필요해요."

이한열이 말했다.

"세력을 만들 생각인가?"

"옥화장을 흡수하기 위한 방편이지요."

"생각해 둔 사람들이 있는가?"

"저번에 황궁 경계 소홀로 인해 파직당한 금군 위사들을 생각하고 있어요."

"아! 북문의 금군 위사들 말이군."

주수선 공주의 황궁 탈출로 인해 많은 수의 금군 위사들이 파직당했다. 그 당시에 옷을 벗은 사람들 가운데에는 쓸 만한 사람들이 많았다.

황궁에서 금군 위사를 할 정도라면 이미 실력이 입증된 자들이었다.

"절묘한 생각이군."

천태웅이 손바닥으로 무릎을 쳤다.

한순간에 파직당한 금군 위사들은 지금 힘들고 어렵게 살아가고 있었다. 북경에서 살아가기 위해서는 돈이 많이 들었다. 그리고 사회적인 신분도 무척이나 중요했다. 파직당한 금군 위사들은 돈과 신분을 한순간에 잃어버린 셈이었다.

"그렇지만 신분 때문에 싫어하는 자들이 있을 수도 있어."

천태웅이 우려했다.

금군 위사라면 북경에서 활보하며 목에 힘을 줄 수 있었다.

그런데 흑도 계열의 암흑 조직원이라면?

목에 칼이 들어와도 싫다고 할 사람들이 적지 않았다.

"신분을 보장할 수 없기에 금군으로 복무할 때보다 많은 돈을 줄 생각입니다. 돈은 귀신도 부리는 법이니까요."

이한열은 두 배의 돈을 줄 생각이었다.

그리고 뛰어난 사람이라면 더욱 많은 돈을 투자할 각오도 있었다.

분명 돈의 필요에 의해 그에게 고용될 금군 위사들이 있을 것이고, 이한열에게는 그런 사람들을 만족스럽게 고용할 돈이 있었다.

"알겠네. 금군 위사들을 알아보지."

"넓은 인맥과 광활한 정보를 가지고 있는 천태웅 형님께서 추천할 만한 사람도 알려 주세요. 이쪽 분야에서는 전문가이시니까요."

"하하하! 동생이 사람 볼 줄 안다니까."

천태웅이 호쾌한 웃음을 터트렸다.

그가 주로 맡아서 하는 일이 바로 정보 분야이다.

많은 정보들을 접하고 또 분석하고 보고하는 것이 그의 일이므로 그에게 있어 이한열에게 필요한 사람들을 분류하는 건 그다지 어려운 일이 아니었다.

의식주를 행하는 데 있어 북경은 중원에서 가장 많은 돈을 필요로 하는 도시이다.

"앞으로 옥화장, 아니 청천장이라고 하지요. 제가 새롭게 만들어 갈 조직 이름은 청천장입니다. 청천장을 이끌어 가기 위한 사람들입니다."

"앞으로 밝은 쪽 일만 할 생각인가?"

"아닙니다. 태생이 흑도 계열의 암흑 조직입니다. 불법적인 일은 될 수 있는 한 줄이겠지만 어쩔 수 없이 더러운 일에도 손을 댈 수밖에 없겠지요."

"그렇다면 불법적인 일까지 감당할 수 있는 사람들이 필요하겠군."

"네, 그런 사람들이 필요합니다. 그리고 원칙을 고수하는 사람들도 필요합니다. 저는 앞으로 청천장을 이원화할 생각입니다. 밝은 일을 하는 사람들과 더러운 일을 감당할 수 있는 사람들로 말입니다."

이한열은 청천장의 조직을 둘로 나눌 작정이었다.

밝은 일을 하려고 하는 사람들은 청천장의 뼈대를 지킬 인재들인 동시에 감시자였다.

"청천장이 비록 흑도 계열이지만 인신매매와 같은 지탄받을 일은 못하도록 할 방침입니다. 하지만 상점들로부터 보호비를 받는다거나 밀수와 같은 불법적인 일은 간간이 할 수도 있습니다."

"조직을 이원화하다 보면 문제가 생길 수도 있을 텐데……."

천태웅이 말끝을 흐렸다.

"원래 삶은 문제투성이죠. 문제를 어떻게 해결하느냐가 중요합니다."

이한열은 자신감이 넘쳤다.

문제가 무조건 나쁜 건 아니다.

문제를 해결하면서 세력과 능력을 강화시킬 수 있다. 잘되면 좋게 작용하고, 잘 안 풀리면 망할 수도 있다.

적극적으로 변한 이한열은 복잡한 문제를 반겼다.

"동생의 생각대로 사람들을 모집하겠네."

천태웅이 고개를 끄덕였다.

이제 그는 금의위에 돌아가서 상관에게 보고할 작정이었다. 그리고 이한열에게 필요한 정보들을 추려 내려고 했다.

"뭐라고? 옥화장이 현직 관리를 죽이려고 했다는 말이냐?"

제기 범영수의 입에서 고성이 터졌다.

그의 앞에 천태웅이 보였다.

제기 범영수는 천태웅의 직속상관이었다.

금의위에선 정탐과 체포를 담당하는 관리를 제기라고 한다.

정식 사법기관인 삼법사를 거치지 않고 체포, 심문, 처벌을 할 수 있는 제기는 그 권력이 엄청나다. 제기들은 공을 세우기 위해 무고한 자들까지 잡아들이기도 했다.

"그렇습니다."

"그놈들이 왜 부정자를 죽이려고 했나?"

"자신들의 사업에 방해가 된다고 판단한 듯 보입니다. 이한열 부정자가 근래에 사채를 놓았고, 또 몇 곳의 사업체를 거둬들였습니다. 그것이 옥화장 놈들에겐 눈엣가시였던 모양입니다."

"부정자가 옥화장 놈들을 살살 건드린 모양이군. 그렇지만 돈 몇 푼에 황궁에서 일하는 관리를 죽이려고 하다니 미친 놈들이군."

범영수의 입가에 싸늘한 조소가 걸렸다.

하찮은 흑도의 조무래기들이 황궁 관리를 노렸다는 점이 무척이나 불쾌했다.

"미친놈들이면 처리를 해야겠지."

그는 평소에는 차갑지만 한번 눈이 돌아가면 인정사정없이 피를 본다.

"그 처리 방법에 있어 습격 당사자인 이한열 부정자가 한 말이 있습니다."

"뭐라고 했는데?"

"그가 직접 옥화장을 처리하기를 원합니다."

"부정자는 학사가 아닌가? 아무리 목숨을 위협받았다지만 그 대응이 과한데? 단지 분노해서 그런 말을 한 것인가?"

호기심을 느낀 범영수의 오른쪽 눈썹이 꿈틀거렸다.

그 모습을 본 천태웅이 좀 더 자세하게 입을 열기 시작했다.

"이한열 부정자는 과거에 합제한 진사입니다. 대응이 과하다고 볼 수도 있지만 단지 화가 나서 그런 것만은 아닙니다. 필요악인 옥화장을 없애고 새롭게 청천장을 만든다고 합니다."

"호오! 재미있군. 더 말해 보게."

"옥화장은 어차피 필요악입니다. 없애 버린다고 해도 다른 흑도 조직이 생겨나 버리지요. 우리 감시 아래에 있다고 하지만 직접적으로 개입할 수 있다면 더욱 좋지 않겠습니까?"

천태웅의 말에 범영수가 고개를 끄덕였다.

"하찮은 벌레들을 상대로 하는 일이지만 생각은 나쁘지 않군."

범영수는 적을 상대로 수단과 방법을 가리지 않았다. 하지만 그도 될 수 있으면 적보다는 친구 만들기를 좋아했다. 하찮은 흑도 조직이라고 해도 품에 안을 수 있다면 미미하나마 도움이 될 것이었다.

"그런데 어떻게 옥화장을 처리한다고 하는가?"

"북문에서 쫓겨난 금군 위사 사건을 기억하십니까?"

"그 일로 관리의 목숨이 파리 목숨이란 사실을 다시금 깨달았지."

"황궁에서 쫓겨난 사람들 가운데 괜찮은 사람들을 모집하려고 합니다. 그런 사람들을 바탕으로 옥화장을 박살 낼 작정이랍니다."

범영수의 반응이 나쁘지 않았기에 천태웅이 신바람을 내며 설명했다.

"기발하군."

범영수가 감탄했다.

"그 외에 피를 보는 데 주저하지 않는 사람들까지 영입하려고 한답니다. 흑도의 일을 하는 데 있어 그런 사람들이 필요하다고 생각하는 모양입니다."

"그것이 사실이라면 재미있게 미친 학사로군."

범영수는 이한열을 차원이 다른 학사라고 받아들였다.

대단한 칭찬이었다.

그의 입에서 재미있게 미쳤다는 말은 쉽게 나오지 않는다.

금의위의 제기로 있으면서 수많은 사람들을 보아 온 범영수에게 지금과 같은 표현을 받은 사람은 한 손가락 안에 꼽힌다.

그리고 그 사람들은 적어도 자신들의 분야에서는 잘나가는 인물들이었다.

"사람들을 모집하여 옥화장을 처리하는 일에 있어 그가 금의위의 정보를 활용했으면 하는 바람을 가지고 있습니다."

"그렇게 하도록 해. 일급까지의 정보들을 활용할 수 있게 해주지."

범영수가 정식으로 승낙했다.

'됐어!'

천태웅이 속으로 쾌재를 불렀다.

이제 그는 금의위의 방대하고 정교한 정보들을 바탕으로 이한열에게 큰 도움을 줄 수 있었다.

인물들에 대한 금의위의 정보들에는 아홉 단계의 급수가 있다.

천지인의 특급인 삼 단계가 있고, 일급에서 육급까지 존재한다. 특급의 삼 단계는 금의위가 집중적으로 관심을 두고 있는 중요한 인물들인데, 그들은 도시에 영향을 끼칠 수 있을 정도로 커다란 힘을 가지고 있다.

일급은 특급에는 미치지 못하지만 개인적으로 적지 않은 힘을 지닌다. 다만 단체에 소속되거나 단체를 이끌지 못한다는 단점이 있다.

"앞으로 지켜보는 재미가 있겠어."

"제 생각도 그렇습니다."

"그렇게 생각하는 이유는?"

"과거에 합격했지만 부정자라는 한직에 내몰렸습니다. 그런데 지금 그는 주자소에서 잘나가고 있습니다. 게다가 관리 생활 외에도 아주 쭉쭉 성장하는 중입니다. 그런 성장 때문에 옥화장에게 습격을 받았지만 말입니다."

천태웅이 직접 옆에서 지켜보고 있지만 이한열의 성장은 눈부셨다. 아무런 뒷받침도 없는 상황에서 그는 많은 걸 이뤄 나갔다.

"사내라면 그 정도 능력은 있어야지. 그런데 말을 들어 보니 이한열은 이미 옥화장, 아니 청천장을 가지고 있다고 생각하는 모양이군."

"그렇습니다."

"참으로 자신감이 넘쳐. 시간이 지나면 앞으로 큰일을 벌일 수 있겠어. 지금처럼 복잡한 시기에는 영웅, 혹은 효웅이 나타나는 법이지."

범영수의 말에 천태웅은 할 말을 잃어버렸다.

그도 이한열을 높이 평가하고 있지만 범영수만큼은 아니었다.

'설마 진짜로 영웅, 혹은 효웅이 될지도 몰라.'

천태웅의 마음속에서 이한열의 평가가 달라졌다.

범영수는 다른 건 몰라도 사람 평가하는 데에 있어서는 타의 추종을 불허했다.

“아직 밑바닥에 있을 때 크게 도와주는 것도 나쁘지 않지. 자네가 이한열 부정자를 잘 도와주도록.”

“알겠습니다.”

“그에 대해 따로 조사해서 보고서를 올려.”

“그렇게 하겠습니다.”

“나가 봐.”

“충!”

천태웅은 범영수에게 군례를 올린 뒤 밖으로 나왔다. 그런 그의 심장이 요란하게 뛰었다.

“내가 참으로 대단한 의동생을 둔 모양이군.”

그는 앞으로 이한열의 옆에 찰싹 달라붙기로 굳게 마음을 먹었다. 성공하는 사람의 옆에만 있어도 함께 빛을 볼 수 있기 때문이다.

인물들에 대한 금의위의 일급 정보를 바탕으로 천태웅은 필요한 사람들을 어렵지 않게 끌어모았다.

북경에는 많은 사람들이 있었고, 돈을 필요로 하는 사람도 많았다. 그들 가운데 이한열이 고용할 사람들 또한 적지 않았다.

금군 위사들이 가장 많이 모였고, 흑도 문파의 무인들도 있었다.

밝은 쪽 일을 담당할 사람과 어두운 일을 전문적으로 해치울 사람들이 반반으로 뒤섞였다.

천태웅이 움직일 때, 이한열도 움직였다.

물론 천태웅의 인물 추천이 필요했다.

흑도 계열의 일에 접근하려고 할 때 이한열은 부족한 점을 많이 느꼈다.

"흑도 쪽에 밝은, 머리 좋은 사람이 필요합니다."

이한열은 평범하게 공부하고 평범하게 살아왔다.

필요에 따라 사람을 쉽게 죽이는 흑도의 일에 있어 어색한 점이 많았다. 삐끗하면 목숨을 쉽게 잃어버릴 수도 있었다.

"머리 좋은 동생이 직접 하면 되잖아."

천태웅이 말했다.

"군사가 있어야 제가 편해집니다."

이한열은 이유를 설명했다.

많은 사람들이 소속된 단체를 운영해 나가기 위해서는 많은 일들이 필요했다. 혼자서 의식주를 해결하는 데도 상당한 노력이 필요하다. 한데 사람이 많으면 더욱 복잡해진다.

이한열이 직접 할 수도 있지만 그건 소 잡는 칼로 닭을 처리하는 것과 똑같다. 윗사람이 편하기 위해서는 능력 있는 아랫사람이 필요했다.

그렇지 않아도 하는 일이 많은 이한열이었다.

"흑도에서 활동했던 머리 좋은 사람들을 몇 명 알아봤어. 광견채라는 산채에서 두목을 하던 미친개가 있어. 한번 물면 기둥뿌리까지 뽑아 간다고 하던 머리 좋은 놈이야!"

"두목으로 지냈던 자는 곤란해요. 수장을 경험했던 자들은 아랫사람으로 지내면 문제를 일으키기 십상이지요. 저는 머리가 아닌 말 잘 듣는 수족이 필요하니까요."

"그렇다면 적당한 사람이 있어. 윤구라고, 예전에 과거에도 응시한 경험이 있는 사람이지. 한때 호웅천문이라는 사파에서 부군사로 역임했어. 호웅천문의 문주가 화산파의 매화검수를 죽였다가 망한 바람에 지금까지 도망치고 있는 중이지. 사파에서 중견 문파로 성장한 호웅천문의 발전에는 윤구의 머리가 한몫을 했다는 평가가 지배적이야."

"괜찮군요."

"다만 나중에 화산파와 문제가 생길 수도 있다는 단점이 있어."

"윤구라는 사람을 만나 보고, 필요하다면 금의위에서 신분을 세탁해 주면 되겠군요."

이한열은 구미가 당겼다.

"알았네. 원한다면 호패를 새롭게 발급해 주지."

윤구는 과거 급제에 실패한 뒤 흑도에 몸을 투신했다. 그리고 호웅천문에서 활동하며 자신의 능력을 마음껏 펼쳤다.

그는 하찮았던 호웅천문을 성장시켰고, 그 대가로 부군사 직위에 올랐다. 그러면서 많은 돈을 만졌고, 또 아름다운 미녀들을 마음껏 품었다.

그렇지만 그의 밝은 미래는 오래 이어지지 않았다.

호웅천문은 화산파에 의해 잿더미가 되었고, 윤구는 살기 위해 십여 년 동안 도망을 다녀야만 했다.

그런 그가 이한열에게 찍혔다.

북경에서 숨어 살던 윤구는 금의위 천태웅에게 끌려왔다.

"앞으로 함께 일해 봅시다."

이한열은 눈치를 살피는 윤구가 마음에 들었다. 윤구는 전형적으로 윗사람을 섬기는 참모였다.

"하지만 저는 화산파에 의해 쫓기는 몸입니다. 전면에 나서서 활동할 수 없습니다."

윤구가 앓는 소리를 냈다.

'마음에 들지 않아. 이래 봬도 내가 한때는 사파의 중견 문파를 이끌었던 부군사야. 보잘것없는 너를 따를 수는 없지.'

윤구의 입장에서 볼 때, 이한열은 너무 부실했다.

"호패를 새로 만들어 드리겠습니다. 새 신분으로 태어나는 셈이지요."

이한열은 윤구의 거절을 용납하지 않았다. 만약 끝까지 반대하면 화산파에 그를 넘길 생각까지 가졌다.

그런 싸늘함과 단호함을 느꼈을까?

"앞으로 충성을 맹세하겠습니다."

눈치가 비상한 윤구가 대뜸 부복했다. 하지만 가볍게 꿇는 무릎에는 진정성이 부족했다.

그런 윤구를 본 이한열이 웃으며 말했다.

"능력이 된다면 마음대로 해라."

이한열은 윤구에게 많은 권한을 줬다.

"제가 비리를 저지르면 어떻게 하려고 그러십니까?"

윤구가 고개를 숙인 채 물었다.

씨익!

이한열의 입가에 진한 미소가 걸렸다.

"할 수 있다면 마음껏 비리를 저질러도 좋다. 다만 나는 신상필벌이 엄격하니 걸리지만 마라!"

부르르!

부복하고 있던 윤구의 등이 흔들렸다.

'젠장! 독한 놈에게 걸렸구나.'

윤구는 이한열이 심상치 않은 작자라는 걸 본능적으로 깨달았다. 그리고 앞날이 순탄하지 않을 거라는 사실까지 덤으로 인지했다.

第二章

전사

화창한 날이었다.

푸른 하늘에 몇 마리 새들이 유유히 날아가고 있었고, 하얀 구름들이 둥실 떠다녔다.

저벅저벅!

황궁에서 빠져나오는 발소리가 울렸다.

"정말로 싸울 생각인가?"

천태웅이 이한열의 뒤를 따르면서 물었다.

"네."

이한열이 짧고 강하게 대답하고는 꾸준하게 앞으로 나아갔다.

"휘하의 사람들에게 맡겨도 되는 일 아닌가? 그들이라면 옥화장의 불온한 무리를 어렵지 않게 처리할 수 있을 것이야."

천태웅이 재차 입을 열었다.

새롭게 태어날 청천장의 근간이 되어 줄 사람들이 벌써 백여 명 모였다. 금군 위사들을 주축으로 한 청천장의 세력이라면 옥화장쯤은 쉽게 지워 버릴 수 있을 것이다.

"제 목숨을 노렸던 놈들입니다. 부하들에게만 맡겨 둘 수는 없는 노릇이지요."

발걸음을 늦추지 않고 있는 이한열은 싸우기 편하게 무복을 걸치고 있었다. 굳게 다물린 그의 입술에서 강한 의지가 흘렀다.

호리호리해 보이지만 무복 안에는 탄탄해진 육체가 꿈틀거렸다.

"평생 싸움을 모르고 살아온 학사이지 않은가? 자네가 외문무공을 수련했다고 하지만 실전에서 다칠 수도 있는 일이야."

천태웅이 우려했다.

그는 어떻게든 이한열의 싸움을 말리려 하고 있었다.

의동생 이한열의 도움을 듬뿍 받고 있는 그였기에 이한열에게 불상사가 일어나지 않기를 원하는 눈치였다.

"심지어 목숨을 잃을 수도 있어."

천태웅이 심각한 어투로 말했다.

"……."

이한열이 걸어가는 속도를 늦추면서 그런 천태웅을 바라보았다.

천태웅도 이한열의 눈길을 피하지 않았다.

"저를 아껴 주시는 형님의 마음은 잘 압니다."

"그렇지. 그러니까 다시 생각을 해봐."

"고맙습니다. 그리고 미안합니다."

"뭐가 미안하다는 말인가? 형으로서 동생을 걱정하는 건 자연스러운 일이다."

씨익!

이한열이 웃었다.

소리 없이 웃는 미소가 점점 또렷해졌다.

진심으로 걱정해 주고 있는 천태웅을 보니 기분이 좋아졌다.

저벅저벅!

이한열은 꾸준하게 앞으로 나아갔다.

"제가 이번에 피를 보며 싸우려고 하는 데에는 여러 가지 이유가 있습니다. 그 가운데 제일 중요한 것이 하나 있지요."

"무엇인가?"

"사람에게는 결정적으로 꼭 선택해야만 하는 순간이 찾아옵니다. 이번 싸움이 저에게 있어 결정적인 순간이라고 여겼습니다. 다치고 죽는 걸 두려워하여 싸우지 않고 피할 수도 있습니다. 직접 현장에서 싸우지 않고 명령하여 다른 사람들이 하는 걸 지켜볼 수도 있습니다. 싸우지 않는 편이 현명한 길일지도 모릅니다. 하지만 그것이 최선이라고 여겨지진 않습니다. 결정적인 순간, 남자는 싸워야 합니다. 회피하면 더 이상 앞으로 나아갈 수 없게 되니까요."

이한열이 앞으로 나아가면서 말했다.

저벅저벅!

그의 걸음걸이에 더욱 힘이 실렸다.

다치고 죽는 걸 무서워하여 회피한다면 앞으로 나아갈 수 없는 법이다.

물론 그냥 무턱대고 옥화장으로 향하는 건 결코 아니었다.

똑똑한 이한열은 근본적으로 미리 준비하는 학사였다. 그렇기에 옥화장의 구성 인원과 그들의 무공 수위에 대해 철저하게 조사했다.

'충분히 이길 수 있다.'

이한열은 냉철하게 판단한 뒤 정열적으로 나섰다.

미리 철저하게 준비했다고 하지만 이한열이 직접 싸운다는 건 무척이나 위험했다. 싸움에서는 언제나 변수가 발생하는 법이었다.

'동생에게 이런 구석이 있었나?'

천태웅이 놀란 눈빛으로 이한열을 바라보았다.

채광석의 일로 처음 만났을 때, 이한열에게는 이지적이면서도 더러운 부분에 직접 손을 대지 않으려고 하는 구석이 있었다.

'남자답게 변했다. 아니, 전사다.'

천태웅은 이한열이 냉철한 학사이면서 정열적으로 싸울 줄 아는 남자로 변했다는 사실을 알았다.

찌잉! 찌이잉!

치열하게 싸우고자 하는 이한열을 보면서 천태웅의 가슴이 울렸다.

'피를 본 것이 대체 몇 년 전인가?'

천태웅이 속으로 중얼거렸다.

금의위가 된 뒤로 그가 치열하게 싸웠던 기억은 겨우 한 손가락에 꼽아야 할 정도로 적었다. 금의위라고 하면 사람들이 알아서 고개를 숙였다.

'언제부터인가 싸움이 싫어졌다. 그저 사람들이 알아서 굽히기를 원하고 있었어.'

그의 눈빛이 점차 강렬해졌다.

잊어버렸던 야성을 되찾았다고 할까?

두근두근!

그의 심장이 요동쳤다.

피가 끓어올랐다.

"아름답게 변했군."

이한열을 바라보는 천태웅의 눈빛이 강렬하게 반짝였다.

그의 검은 눈동자 속에 이한열이 생생하게 맺혔다.

"무엇이요?"

이한열이 물었다.

"자네 말일세."

"제가요?"

"내가 좋아하는 격언 가운데 '싸우는 남자는 아름답다.'는 말이 있네."

"좋은 격언이군요."

이한열의 입가에 미소가 피어났다.

'인간에게 싸움은 필연이다. 그리하여 살아간다는 것은 싸움을 수락하는 것이기도 하다. 싸움에서 지배하느냐, 지배당하느냐? 그 차이일 뿐이다. 결국 그것이 삶의 질을 좌지우지 한다.'

이한열은 인생과 싸움에 대해 심도 있게 사념했다.

그때였다.

그의 깊은 사념에 천태웅의 목소리가 파고들면서 초를 쳤다.

"괜한 참견이었군. 자네의 심오한 인생에 간섭을 해서 미안하네."

"송구할 뿐입니다."

"뭐가 송구한가? 방금 전 자신만만하던 모습은 어디로 갔나?"

천태웅이 이한열에게 농담을 건넸다.

"사실 제가 미숙하고 힘든 부분이 많습니다. 앞으로도 많은 지도 편달을 부탁합니다."

장난임을 알았지만 이한열이 고개를 숙였다.

이번 옥화장 공략에 있어 천태웅의 도움이 무척이나 컸다.

천태웅이 옥화장에 대한 정확한 정보를 가져왔고, 쫓겨난 금군 위사들을 중심으로 한 이한열의 사조직 청풍단을 만드는 데 있어서도 많은 공을 기울였다.

'생각은 틀린 것이 아니고 다른 것이다.'

이한열은 천태웅의 조언이 잘못됐다고 판단하지 않았다.

다만, 가는 길이 다를 뿐이었다.

천태웅의 도움이 없다면 이한열이 결정을 내리는 데 있어 무척이나 어려워진다. 아니, 옥화장을 처리하는 일도 불가능했다.

옥화장에서 이한열의 목숨을 노렸다는 소식을 전해 들은

천태웅은 크게 분노했다. 당장에 현직 관리를 살해하려 한 옥화장의 일을 금의위에 보고하려고 했다.

하지만…… 이한열이 반대했다.

그리하여 금의위의 힘과 권력을 일정 부분 빌리기는 하겠지만 옥화장의 처리는 이한열과 청풍단, 그리고 흑풍단이 맡기로 결정하였다.

흑풍단은 청풍단과 달리 대부분 흑도의 인물들로 구성된 이한열의 사조직이었다.

구성원들이 이질적인 두 개의 단을 조직한 건 서로 경쟁하면서 대립하도록 하기 위한 이한열의 술책이었다.

자고로 아랫사람들의 권력은 독점되지 않고 나뉘어져야만 했다.

그래야 수장이 편했다.

이한열은 황실에서 일하며 이런 가르침을 아주 제대로 배웠다.

옥화장은 북경의 번화가에 위치하고 있었다. 그렇기에 옥화장에서 싸움이 벌어지면 다른 사람들이 자연스럽게 알게 된다.

이한열이 남들 모르게 은밀하게 옥화장을 처리하는 것은 불가능했다.

옥화장의 재산 가운데 대부분은 국고로 환수되고, 일정 부분은 이한열과 금의위에게로 흘러들어 가게끔 이미 약정이 됐다.

금의위가 발 빠르게 움직였다.

이미 관청에도 옥화장을 금의위에서 처리할 것이라는 공문을 보냈다.

옥화장에서의 싸움으로 신고가 들어온다고 해도 관청에서는 수수방관할 수밖에 없었다. 금의위가 나선 일에 관청이 개입할 수는 없는 노릇이었다.

금의위의 개입 과정에 있어 천태웅이 참으로 바쁘게 돌아다녔다.

"말로만?"

"다음에 제가 좋은 곳으로 모시겠습니다."

씨익!

천태웅이 웃음을 지었다.

"어디?"

"화정원이지요."

"좋네."

천태웅의 입가 미소가 더욱 환해졌다.

저벅저벅! 저벅저벅!

북경의 거리를 백여 명의 사람들이 한꺼번에 나아갔다.

그들의 허리와 등에는 검과 도를 비롯한 병장기들이 걸려 있었다. 무리를 지어 이동하는 사람들의 기세가 사나웠다.

사람들의 앞에는 이한열과 천태웅이 보였다.

이들은 바로 이한열이 모집한 청천장의 사람들이었다.

"뭐지?"

"왜 이렇게 살벌해?"

맞은편에서 걸어오던 사람이 화들짝 놀라 옆으로 비켜섰다. 먼 거리에서부터 길을 바꾸는 사람들의 모습도 보였다.

식겁해하는 모습들이 대부분이었지만 호기심을 드러내는 자들도 있었다. 그래서 몇몇 사람들은 자세히 살펴보기 위해 청천장 무리를 뒤따랐다.

"어디로 가는 거지?"

"이쪽으로 쭉 가면 옥화장이 있어."

"아! 더러운 짓거리를 일삼는 그놈들이 있었군."

"아무리 봐도 오늘 큰 다툼이 벌어지겠어."

"언젠간 옥화장 놈들 큰코다칠 줄 알았어. 하는 짓거리를 보면 알 수 있지."

사람들이 수군거렸다.

"옥화장 놈들이 사라졌으면 좋겠어."

"당연한 소리!"

"그런데 그렇게 되면 내가 옥화장에서 빌린 돈을 안 갚아도 될까?"

"지금 그런 소리가 나오냐?"

"나는 그게 가장 중요해. 고리 사채이기 때문에 갚으려면 등골이 휜단 말이야."

저벅저벅!

이한열은 무수히 많은 사람들의 시선을 받으면서 걸었다.

그의 발걸음 하나하나에 힘이 실렸다.

눈동자에는 자신감이 넘쳤다.

마침내 그의 눈앞에 옥화장이 모습을 드러냈다.

이한열과 천태웅, 그리고 백여 명의 청천장 사람들이 옥화장 앞에 도착했다.

"나 저기 가장 앞에 있는 사람 알고 있어."

"누군데?"

"이한열! 과거에 급제한 사람이야."

"진짜?"

"그럼 진사잖아. 그런 사람이 왜 옥화장과 싸우려고 온 거야?"

"글쎄! 모르겠어. 하지만 뭔가 이유가 있겠지."

"저분은 저렴하게 돈을 빌려 주기도 한다고 들었어. 고리 사채를 즐기는 옥화장 놈들이 진사님을 살해하려고 했다는 소문이 있어."

말쑥한 옷차림의 한 사내가 대화에 끼어들었다.

"정말?"

"그래서 이한열 진사님이 옥화장을 지워 버린다는 것이야."

"나쁜 놈들!"

"현직 관리를 죽이려고 하다니! 간덩어리들이 부었군."

"죽으려고 환장했군."

사람들이 웅성거렸다.

그런 모습을 보면서 처음 이야기를 꺼냈던 황포화의 얼굴에 차가운 기운이 감돌았다. 그는 윤구로부터 지시받은 내용을 차질 없이 군중들에게 전했다.

"진사님이 옥화장을 처리하면 고리대금 문제를 손봐 줄 거야. 다른 문제들까지 사리에 맞게 잘 처리해 주실 테지."

황포화가 연신 입을 놀렸다.

아직 옥화장이 사라지지 않았지만 미리부터 밑밥 작업을 펼쳤다.

윤구는 단순히 무력뿐만 아니라 사람들의 시선과 생각도 중요함을 잘 알았다.

"진사님! 이기세요."

"세상의 쓰레기인 옥화장 녀석들을 없애 버리세요."

사람들이 이한열을 응원했다.

그들은 정보 조작에 의해 이한열에 대한 판단을 잘못한 것 같았다.

"어떻게 오셨습니까?"

옥화장의 정문 앞에는 잔뜩 긴장을 하고 있는 십여 명의 무리들이 보였다. 이미 소식을 전해 들었는지 안쪽에는 보다 많은 수의 사람들까지 있었다. 방어 자세를 취하고 있는 그들은 잔뜩 긴장한 모습이었다.

'좋군.'

앞뒤로 꽂히는 무수히 많은 시선들 속에서 이한열의 눈이 번뜩였다.

그는 처음부터 선제공격을 하겠다고 마음먹었다.

이 순간부터 대화는 필요가 없었다.

"옥화장 무리들을 지워 버릴 준비를 하세요."

이한열이 담담하게 말했다.

"명을 받듭니다."

금군 출신의 청풍단주 온훈제가 듬직하면서도 강건하게 복명했다. 그는 청천장을 보다 밝고 건전하게 보일 수 있는 얼굴이었다.

"참으로 마음에 드는 명이구려."

막대성이 건들거리며 대답했다.

흑도 출신의 막대성은 앞으로 불법적인 일을 감당할 성격을 고스란히 보여 줬다. 그는 이한열이 그의 동생을 감옥에서 빼내어 주는 대가로 흑풍단주로 청천장에 합류했다.

"공격 준비!"

온훈제가 말했다.

청풍단의 사람들이 일제히 병기를 빼들었다.

"적들을 썰어 버릴 준비를 해라. 청풍단에 비해 밀리는 놈들은 내 손 아래 박살 날 줄 알아라!"

막대성이 살기 어린 음성을 흘렸다.

그는 이제 곧 벌어질 싸움이 무척 기대가 됐다.

"와아아!"

"다 쓸어버리자."

흑도 출신의 흑풍단원들은 사납게 날뛸 준비가 되어 있었다.

청풍단과 흑풍단, 백여 명의 사람들이 하나같이 이한열을 바라보면서 기다렸다.

"대체 왜 이러시는 겁니까? 이러지 말고 말로 해결을 보시지요."

장한문이 이한열에게 다가섰다.

옥화장의 총관인 그는 이런 사태가 익숙하지 않았다. 주로 남들을 괴롭히고 공격하는 것이 그의 일이었다.

옥화장 앞에 몰려든 백여 명의 사람들을 보면서 그가 움츠

러들었다. 경계 태세를 게을리 하지 않으면서 언제라도 대응할 수 있도록 바짝 긴장했다.

슥!

이한열이 자신 앞으로 다가온 옥화장의 장한문을 바라보았다.

"어떻게 찾아오셨습니까? 북경에서 대규모 다툼을 벌일 생각을 하시다니, 제정신이 아니로군요. 이제 곧 관에서 병사들이 올 겁니다."

장한문이 말했다.

그는 옥화장과 싸우려고 하는 눈앞의 무리를 미친 사람으로 취급하고 있었다.

황도인 북경에서 대규모 다툼이 벌어지게 되면 관에서 병사들이 출동한다. 심지어 금군이 나타날 수도 있었다.

이런 일에 대비해서 옥화장은 평소 관에 많은 돈을 바쳤다.

"놈! 더러운 입으로 함부로 지껄이지 마라. 관의 병사들은 이번 일에 결코 관여할 수 없다."

천태웅이 앞으로 나서며 냉소했다.

만일의 급습을 대비해 긴장하고 있던 그가 이한열을 보호했다.

"무슨 소리입니까?"

"흥! 네놈들이 먼저 여기 이한열 부정자의 목숨을 노리지 않았더냐?"

흠칫!

믿었던 수단 가운데 하나가 사라진 장한문의 얼굴이 딱딱하게 굳어졌다. 하지만 이내 그의 얼굴이 다시금 풀리면서 침착하게 돌아왔다.

"무슨 소리를 하시는지 모르겠군요."

장한문이 능청을 떨었다.

'청부가 실패한 건 알았다. 하지만 시간이 흘러도 아무런 문제가 없기에 괜찮다고 여겼거늘…….'

힐끔 이한열을 쳐다본 장한문의 머릿속이 복잡해졌다.

장주에게 이한열의 살인 청부 지시를 받고 낭인들에게 직접 돈을 준 사람이 바로 장한문이었다. 그렇기에 살인 청부가 수포로 돌아가고 난 뒤 수습하는 일에도 깊숙하게 관여를 했다.

옥화장에서는 현직 관리의 살인 청부로 인해 관에서 조사에 나설 수도 있다고 촉각을 곤두세웠다. 하지만 관에선 그동안 아무런 움직임도 없었다.

그런데…… 이한열이 직접 옥화장을 찾아왔다.

"흥! 이미 청부받은 놈들이 모든 걸 자백했다."

천태웅의 목소리가 빙굴에서 흘러나오는 것처럼 차가워졌

다.

"아무래도 잘못 찾아오신 듯합니다."

장한문이 어깨를 으쓱거리면서 끝까지 발뺌했다.

자백 말고는 어떠한 다른 증거도 없는 시점이었다.

다소 곤란함을 겪을지는 모르겠지만 증거가 없다면 관에서 옥화장을 함부로 처분할 수 없는 노릇이었다.

슥!

이한열이 장한문을 비롯한 옥화장의 무인들을 둘러보았다.

'강하구나. 힘들이 느껴진다.'

이한열은 옥화장 무인들에게서 최소 이류 수준의 기운을 느꼈다.

군데군데 일류 무인들의 힘도 날카로웠다.

작지만 북경 유흥가의 한 지역을 차지하고 있는 옥화장은 참으로 알찬 수입을 올린다. 상당한 돈이 몰리는 곳이었기에 그에 비례하여 무인들의 수준도 나쁘지 않았다.

몇몇 무인들이 이한열을 비롯한 침입자들을 잡아먹을 듯 살기 어린 눈빛으로 노려보았다. 그 살기가 이한열에게 화살처럼 쏟아졌다.

스윽!

위협을 느낀 천태웅이 이한열을 더욱 철저하게 보호했다.

따끔따끔!

진한 살기를 접한 이한열의 몸속에서 무언가가 피어났다. 평소 책을 읽던 얌전하고 이지적인 분위기와 확연히 다른 투기가 마구 솟구쳤다.

두근두근!

이한열은 뜨거운 전율을 느꼈다.

피가 전신의 혈관을 타고 빠르게 질주했다.

지독한 쾌감이 온몸을 휩쓸었다.

'이것이 강호로구나.'

문득 여관숙의 일을 가상 체험하면서 느꼈던 감정들이 떠올랐다.

이한열은 그 시원하고 짜릿한 느낌들을 만끽했다.

꾹!

그가 주먹을 말아 쥐었다.

우두둑우두둑!

손가락 마디마디에서 울리는 소리가 강렬했다.

"옥화장은 절대 살인 청부와 같은 비열한 짓을 하지 않습니다. 그러니까 이상한 소리 하지 마시고 그만 돌아가시지요. 그렇지 않으면……."

장한문이 천태웅을 똑바로 바라보며 천연덕스럽게 이야기를 해 나갔다.

태연한 거짓말에 천태웅이 눈살을 찌푸렸다.

그때였다.

휘이익!

이한열이 앞으로 화살처럼 튀어나갔다.

"헉! 동생!"

자신의 옆을 스치고 질주하는 이한열의 모습을 보고 천태웅이 기겁했다.

이한열은 순식간에 장한문과의 거리를 좁혔다.

팟!

이한열의 주먹이 장한문의 얼굴을 향해 빨려들 듯이 꽂혀 들어갔다.

"이런!"

대경실색한 장한문이 황급히 뒤로 물러나며 얼굴을 꺾었다.

우두둑!

목 꺾는 소리가 요란하게 울렸다.

재빠른 대응이었지만 이한열의 주먹 속도가 더욱 빨랐다.

퍽!

주먹 끝에 장한문의 코가 걸렸다.

살이 터지면서 붉은 피가 확 솟구쳐 올랐다.

"크아아악!"

장한문의 입에서 고통스런 외침이 튀어나왔다.

스팟!

이한열의 왼 주먹이 장한문의 어깨를 향해 번개처럼 내리꽂혔다. 철사장이 가미된 그의 왼 주먹이 사납게 꿈틀거렸다.

"대체 왜 이러는 것이오? 말로 합시다."

뒤로 정신없이 물러나고 있던 장한문이 다급하게 부르짖었다.

주르륵주르륵!

터지고 짓뭉개진 그의 코에서 피가 줄줄 흘러내렸다.

두근두근!

빨간 피를 보니 벌써부터 이한열의 온몸이 후끈 달아올랐다.

"나를 죽이겠다고 나온 사람과 무슨 말을 한다는 건가?"

이한열이 더욱 강하게 왼손을 내뻗었다.

콰드득! 콰드득!

장한문의 어깨에 철사장이 작렬하면서 뼈가 부러지는 소리가 요란하게 울렸다. 살과 근육, 그리고 뼈가 철사장에 의해 완전히 박살 났다.

"크아악!"

장한문이 비명을 내지르며 땅바닥을 데굴데굴 뒹굴었다.

'좋구나.'

손끝에 전해지는 강렬한 타격감과 파열음이 이한열을 잔뜩 흥분시켰다.

"이놈! 손속이 너무 매정하구나. 멈춰라."

장한문의 뒤쪽에 있던 사내가 이한열을 향해 크게 소리치며 달려들었다.

스팟!

그의 허리춤에 꽂혀 있던 검이 빠르게 뽑히면서 그대로 이한열을 휩쓸어 왔다. 창응박토의 검로를 따라 흐르는 검의 움직임이 매서웠다.

스륵!

이한열이 쇄도하는 검을 보며 앞으로 몸을 들이밀었다.

휘익! 휘이익!

이한열은 뜨거우면서 냉철하게 빛나는 눈으로 쇄도하는 검의 움직임을 면밀하게 파악하며 몸을 움직였다. 머리카락 한 올 차이로 몸을 움직이면서 검을 회피했다.

"어떻게?"

창응박토를 꿰뚫고 들어온 이한열의 모습에 사내가 화들짝 놀랐다.

"나를 죽이겠다고 검을 썼으니 몸이 망가져도 과분하리라!"

이한열이 말하면서 매섭게 우장을 휘둘렀다.

활짝 열린 사내의 가슴을 향해 우장이 그대로 작렬했다.

콰드득! 콰득!

뼈 부러지는 소리와 함께 사내의 가슴이 박살 났다.

"크아악!"

사내가 비명을 내지르면서 뒤로 훌훌 날아가 땅바닥에 거칠게 쓰러졌다. 박살 난 그의 가슴에서 붉은 핏물이 흘러내렸다.

부르르! 부르르!

이한열은 색다른 감각을 느끼며 전율했다.

'이것이 바로 전장의 느낌이구나.'

이한열의 입꼬리가 위로 올라가면서 웃음이 그려졌다.

손을 타고 흐르는 감각, 사방에서 뿜어져 나오고 있는 살기, 피에서 흘러나오는 냄새 등 모든 것이 그의 정신과 육체를 강렬하게 자극했다.

지금 그는 학사이면서 전사였다.

머리로 생각하면서 육체로 싸웠다.

머릿속에서 생각한 대로 육체가 움직이고 나면 눈앞의 사람들이 쓰러졌다.

두근두근!

온몸의 세포 하나하나가 살아서 숨을 쉬었다. 마치 피부로 호흡을 하는 것처럼 전신의 감각이 생생했다.

그럴수록 그의 머리는 보다 명민해졌다.

이한열은 전율스런 감동 속에서 더욱 깊숙하게 파고들고 싶었다.

슥!

그가 옥화장의 무인들을 바라보았다.

아직도 많은 무인들이 이한열의 시선에 잡혔다.

팟!

이한열은 옥화장의 무인들이 잔뜩 몰려 있는 가운데를 향해 달려들었다. 용천혈을 통해 기운을 폭발시키고 있기 때문에 그의 질주는 눈부실 정도로 빨랐다.

"막아!"

"죽여!"

무인들이 쇄도하는 이한열을 보면서 기민하고 분주하게 움직였다.

떡 벌어진 어깨를 가진 무인이 손에 들고 있던 도를 휘둘렀다. 고슴도치처럼 수염이 난 무인이 창으로 찔렀다. 얄팍한 인상의 사내가 검으로 베기를 시도했다.

도와 창, 검이 세 방위에서 한순간에 이한열의 상체와 하체를 휩쓸어 왔다. 동시에 이뤄진 합공이 참으로 위력적이었다.

"천참만륙해 주마."

"이제 네놈은 죽은 목숨이다."

"흐흐흐! 뒈져라. 혼자서 천둥벌거숭이처럼 날뛴 벌이다."

합공을 펼친 무인들이 득의에 찬 표정을 지으면서 소리쳤다.

스팟!

이한열의 두 눈이 번뜩였다.

온몸에 기운이 충만한 그의 머릿속이 명쾌하게 움직였다.

'판단! 거리! 시간! 위치!'

이한열은 네 가지 원리로 쇄도하는 공격들을 파악해 나갔다.

네 가지 원칙은 공방에 있어 지대한 영향을 미친다.

그리고 네 가지 원칙을 포함하여 스물일곱 개의 원칙들이 존재한다는 사실을 단은목 무학사의 무론서를 통해 이한열은 배웠다.

새로운 무리를 이치적으로 밝힌 단은목의 무론서에 따르면 판단에 의해 거리를 좌우하고, 거리가 시간에 영향을 미치며, 시간을 지배함으로써 적을 다스릴 수 있다고 한다.

결과적으로 위치와 시간, 거리를 지배하기 위해서는 적절한 최고의 판단이 요구된다. 결국 순간의 판단이 자신의 의도를 달성하는 동시에 적들의 의도를 무너뜨릴 수 있게 되는 것이다.

이한열은 단은목의 무론서의 원칙을 정확하게 이해하고 실전에서 펼쳐 나갔다.

이것이 학사로 살아온 전사의 싸움 방식이었다.

'우측의 검이 가장 빠르다. 그리고 우측으로 몸을 틀면서 나아가면 검과의 거리가 더욱 좁아진다. 동시에 창과 도는 멀어지게 된다.'

생각을 마친 이한열의 눈이 빛났다.

第三章

투기

이한열이 적들과의 거리를 재조정했다.

파파팟!

검이 신랄하고 복잡하게 움직이면서 이한열을 노렸다.

"무기가 초식을 따라 펼쳐진다고 해도 결국 공격선을 일으킬 뿐이다. 공격선, 즉 무기의 궤적을 파악하면 피하지 못할 이유가 없음이라!"

이한열이 검을 빤히 바라보면서 오른발로 지면을 밀었다.

슥!

그리고 화살처럼 검을 향해 나아갔다.

"죽으려고 환장했구나."

사내가 검을 뻗는 손에 더욱 강한 진기를 투여했다.

"공격은 무기와 목표물을 연결한 직선, 즉 최단 거리로 이동하여 가격하는 것이 이상적이다."

이한열은 최단 시간과 최단 거리를 노렸다.

슥!

이한열이 왼발을 축으로 살짝 몸을 흔들었다.

휘익!

검이 옆구리를 스치듯이 지나갔다.

아니다.

검이 이한열의 옆구리에서 머리카락 한 올 차이로 아무런 피해도 입히지 못하고 허무하게 공간만 꿰뚫었을 뿐이다.

"허억!"

사내가 당황했다.

불쑥!

이한열이 사내의 무방비 품 안으로 쇄도했다.

최단 거리를 최단 시간으로 질주했기에 적은 미처 대응할 시간적 여유가 없었다.

"끄아아악!"

팔이 부러진 사내가 끔찍한 비명을 질러 댔다.

땅바닥에 쓰러져서 데굴데굴 구르는 그의 모습이 참으로 안쓰러웠다.

"죽어라."

"뒈져."

이한열의 옆구리와 등을 노리고 창과 도가 빨려들 듯이 꽂혀 들었다. 창이 심장을 노렸고, 도가 허리를 횡으로 갈라 왔다.

두근두근!

이한열의 심장이 터질 듯 강렬하게 뛰었다.

'사갈철왕의 글을 보면서 느꼈던 투기가 실전에서 발생하고 있다.'

강한 투기에 의해 팔만사천 모공이 활짝 열렸다.

쇄도하는 창과 도의 움직임이 눈에 보이듯 선명하게 잡혔다.

거리를 정확하게 파악한 이한열이 반격할 최소한의 필요 거리를 산정했다. 그리고 판단이 머릿속에 떠오르자마자 그의 육체가 움직였다.

생각대로 펼쳐지는 동작에 이한열은 진한 쾌감을 느꼈다.

파라락! 파라락!

몸을 회전하던 이한열이 도의 면을 손등으로 후려쳤다.

텅!

묵직한 소리와 함께 도가 옆쪽으로 밀려났다.

도를 들고 있던 사내가 큰 몸짓으로 옆으로 주춤주춤 물러났다.

상대의 허점을 발견한 이한열의 눈동자가 맹렬하게 번뜩였다.

팍!

그의 다리가 시원하게 공간을 갈랐다.

"크아악!"

사내가 비참한 괴성을 터트렸다.

발이 사내의 옆구리를 훑고 지나가면서 뼈와 근육들이 부러지고 꺾였다. 마치 날카로운 갈고리가 훑고 지나간 듯한 상처였다.

휘이익!

바람을 가르면서 이한열의 심장을 향해 창이 쇄도했다.

"이제 피하지 못할 거다. 죽어라!"

기회를 잡은 적이 기세등등하게 소리쳤다.

하지만…….

창이 바로 심장 앞에 있다는 사실을 이한열은 이미 예측하고 있었다. 그렇기에 이한열의 동작은 물 흐르듯 매끄럽게 이어졌다.

스륵!

그가 허리를 비틀면서 상대의 공격이 자신의 몸에 명중하지 않도록 만들었다. 그리고 공격을 받아 회피하면서 바로 반격할 수 있는 태세를 갖추기 위해 움직였다.

콱!

이한열은 창을 손에 쥐고 그대로 잡아당기면서 앞으로 질주했다.

"으헉! 제발……."

적이 속수무책으로 딸려 왔다.

이제 곧 닥칠 불행한 일을 예감한 그의 얼굴이 창백하게 질렸다.

이한열의 움직임에는 망설임이 전혀 없었다. 빠르게 다가온 상대의 얼굴을 향해 주먹을 내질렀다.

퍽!

묵직한 소리가 울렸다.

"크악!"

사내가 화살처럼 피 분수를 뿌리며 쓰러졌다.

얼굴이 망가진 사내는 눈을 허옇게 뒤집으면서 기절했다.

파아악! 파악!

피 분수가 그대로 이한열의 얼굴을 향했다.

코앞에서 곧바로 날아온 피 분수였지만 이한열은 피할 시공간적 여유가 있었다.

하지만…….

이한열이 그대로 피 분수를 맞았다.

피를 뒤집어쓴 이한열의 얼굴이 단숨에 붉어졌다. 혈면이 된 그의 얼굴은 무척이나 섬뜩했다.

전장에 나선 그는 피를 무서워하거나 피하지 않았다.

"죽이지 않은 것만 해도 손속에 자비를 뒀다."

이한열의 음성은 서늘하면서도 담담했다.

상대는 그의 심장을 망설이지 않고 찔러 온 적이었다. 죽이려고 한 자의 목숨을 빼앗는 것은 전장에서 당연한 법칙이었다.

얼굴이 망가진 건 불행한 일이지만 그렇다고 해서 목숨을 잃은 건 아니다.

워낙에 짧은 순간에 일어난 일이었다.

그렇지만 그 시간이 지나가는 동안 장한문을 포함한 네 명의 사내들이 피를 철철 흘리며 땅바닥에 쓰러졌다.

"진사라더니……."

땅바닥을 나뒹굴고 있던 장한문이 이한열을 바라보면서 입을 딱 벌렸다. 미친 듯이 날뛴 이한열을 바라보는 그의 눈동자가 요란하게 흔들렸다.

아군과 적을 가리지 않고 화들짝 놀란 시선이 이한열에게 쏟아졌다.

여기 모인 사람들 대부분이 이한열이 과거의 전시에 급제한 진사라는 사실을 알았다. 그런데 단순히 학사라고 생각한 이한열이 과격하게 몸을 움직여서 적들을 쓰러뜨렸다.

이한열의 지금과 같은 모습을 상상한 사람은 단 한 명도 없었다.

"진사라니까."

이한열이 짜릿함을 느끼면서 말했다.

파라락! 파라락!

때마침 불어온 바람에 검은 머리카락이 나부끼는 가운데 그가 웃음을 지었다.

맹렬하게 움직이던 순간이 그의 몸과 마음에 여전히 남아 있었다. 몸에 부딪힌 감촉이 강렬했고, 화끈한 감정들이 머릿속에 각인됐다.

화려하게 터트린 뒤 대지 위에 오롯이 서 있는 이 순간이 지극히 행복했다. 외문무공을 수련하면서 힘들고 아픈 순간도 있었지만 돌아보면 모두 행복한 순간이었다.

화아악! 화아악!

굵고 진한 투기가 흘렀다.

투기가 바람을 타고 사방으로 퍼져 나갔다.

"거짓이지? 믿기지 않아."

"믿기지 않는다면 차후에 알아서 확인해 봐. 이번 기수 전시 합격자에 보면 틀림없이 이한열이라는 이름이 있을 테니까."

"말도 안 돼. 이건 학사의 기운이 아니야!"

장한문이 부르짖었다.

투기!

원초적인 기운!

투기는 진기와는 이질적으로 다르다.

진기가 내공에 의해 뿜어진다면 투기는 열렬한 투쟁심에 의해 튀어나온다. 진기는 영약을 먹음으로써 순식간에 강해질 수 있지만 투기는 아니다. 인간의 원초적인 투쟁심에 의해서만 갈린다.

그런 투쟁심을 지금 학사인 이한열이 뿜어내고 있었다.

"투기는 강호 무림인만의 전유물이 아니야. 그런 고리타분한 생각은 고여 있는 물과 같지. 딱딱한 사고방식은 스스로의 성장을 멈추는 거다."

이한열이 담담하게 이야기했다.

'자유롭게 사고했기에 나아갈 수 있었지.'

이한열은 한순간도 성장을 멈추지 않았다.

만약 그가 학사로서의 삶만을 생각했다면 부정자로서 관직을 마감했을지도 모른다. 그러나 그는 살아 있기에 자유롭게 생각하면서 강호 무림의 삶까지 받아들였다.

그는 적극적으로 노력했고, 변화하기 위해 이를 악물고 최선을 다했다.

"이제 어떻게 할 생각이오?"

"그대들은 여태 말보다 행동으로 보여 줬잖아. 나도 마찬가지야."

이한열은 평화롭게 넘어갈 생각이 없었다.

만약 대화로 해결할 생각이었다면 애당초 옥화장에 오지도 않았을 것이다.

이제 남은 건 대규모 집단 전투였다.

"뭐라고? 설마……."

장한문의 얼굴이 더욱 창백해졌다.

"설마는 무슨. 선수끼리 왜 이러시나?"

이한열이 담담한 음성으로 말했다.

그런데 그 음성이 너무나 자연스러워 섬뜩하면서도 스산했다. 피를 흘리는 잔혹한 싸움 앞에서 결코 물러나지 않겠다는 독심이 녹아들어 있었다.

"하지만 당신은 진사……."

"사람들은 참 이상해. 내가 다른 사람을 때린다면 똑같이 다른 사람도 나를 때릴 수 있어. 그것에 진사라는 신분은 상관이 없어."

이한열의 말이 맞다.

맞았기에 때린다는데 무슨 구질구질한 이유가 필요한가?

일방적으로 때려 놓고 참으라고 하면 그것이 나쁜 것이다.

지금 이한열이 원하는 건 딱 하나였다.

씨익!

이한열이 장한문과 눈을 마주치면서 웃었다.

"오늘이 옥화장의 마지막 날이야."

그가 오롯이 서 있었다.

가만히 있는데도 마치 빛이 나는 듯 보였다.

그의 전신에 서려 있는 투기와 위엄이 사방으로 퍼져 나갔다. 그 기운들은 줄어들지 않고 시간이 지날수록 증폭됐다.

두근두근!

이한열의 심장이 뜨겁고 강렬하게 뛰었다.

"학사라며?"

"정말 잘 싸우네."

"고리타분한 학사 밑에서 일하면 골치 아플 줄 알았어. 그런데 싸우는 모습을 지켜보고 있자니 후끈 달아올라."

"당당하게 싸우는 모습이 보기 좋군. 학사가 아니라 투사라고 해도 어울리겠어."

피아를 떠나 많은 눈동자가 이한열을 바라보았다.

대담하게 옥화장 무인들 틈으로 뛰어들어 순식간에 적들을 쓰러뜨린 이한열이 오롯이 서 있었다.

뼈 부러지는 소리가 강렬하게 울렸고, 큰 상처를 입은 사람들의 울부짖는 소리가 시끄러웠다.

"환상적이군."

온훈제가 빙긋 미소를 지으며 앞으로 한 걸음 나섰다.

"어디를 가려고?"

"화끈한 싸움을 봤더니 몸이 근질거려."

"언제는 샌님 밑에서 싸우기 싫다더니."

"샌님인 줄 알았는데 투사야. 저런 투사와 함께 싸운다는 건 부끄럽지 않아."

온훈제는 이한열이 정말로 싸움을 즐기는 전사라는 걸 인지했다.

강한 사람을 윗사람으로 모시고 싶은 건 아랫사람으로서 당연한 생각이었다.

지금 순간 이한열은 온훈제에게 단순히 돈만 주는 고용인이 아니었다.

"맞아. 이한열 진사와 함께라면 화끈하게 혈투를 벌일 수 있을 것 같아. 보고 있는 순간 짜릿했다."

막대성이 고개를 끄덕거렸다.

빠르고 간결하면서 효율적으로 적들을 쓰러뜨린 이한열의 투기는 강렬했다.

실상 금군의 지휘관급이던 온훈제와 흑도 출신의 막대성은 이한열에 비해 실력이 부족하지 않았다.

하지만 이한열의 강렬한 투기는 아니었다.

강한 투기가 잠들어 있던 그들의 본능을 자극했다.

금군이었던 사람들은 자금성과 황실, 그리고 관직에 너무나 옥죄어 왔다. 체계적인 질서에 길들여진 탓에 야성을 잃어버렸다.

"처음이다, 금군에서 쫓겨난 것이 다행이라는 감정이 든 것은."

"강한 자가 살아남는 강호에 들어선 것이지."

그들이 서로를 바라보며 싱긋 웃었다.

슥!

천태웅이 오롯이 서 있는 이한열을 살폈다.

그는 느닷없이 적들을 향해 돌진한 이한열을 미처 막지 못했다. 돕기 위해 달려가려고 했을 때는 이미 네 명의 적들이 바닥에 쓰러진 뒤였다.

전혀 예상하지 못한 일이 벌어졌다.

"헐! 동생이 저렇게 강했다고?"

그는 동생이 다칠지도 모른다고 노심초사했다. 여차하면 동생을 보호해 주겠다고 다짐했다.

그런데 위험한 건 동생이 아니라 바로 옥화장의 무인들이었다.

"한두 번 싸워 본 실력이 아닌데요."

온훈제가 천태웅 옆으로 다가오며 말했다.

"내 생각도 그래. 오랜 시간 실전에서 굴러야만 가질 수 있는 투기야."

막대성이 고개를 끄덕였다.

"동생은 자금성에 들어오기 전까지 공부밖에 모르고 살아왔어."

천태웅이 말했다.

이한열이 싸워 본 경험은 손에 꼽힐 정도로 적었고, 그 기간도 극히 짧았다.

그런 사실은 이한열에 대해 조사했던 천태웅이 누구보다 잘 알았다.

"진짜요? 정말 오랜 시간 싸움을 즐긴 투사라고 여겼는데……."

"헉! 저 실력을 자금성에 들어오고 난 뒤에 가졌단 말이야? 믿을 수가 없어."

온훈제와 막대성의 눈이 커졌다.

피를 얼굴에 잔뜩 묻히는 나름의 혈투를 벌인 이한열을 바라본 그들은 무척이나 놀랐다.

"황당하군. 난 이십 년 넘게 수련했음에도 불구하고 저런 투기를 가지지 못했어."

"일 년도 안 돼서 저런 실력을 지녔다니……."

온훈제와 막대성이 경이로운 시선으로 이한열을 바라보았다.

"하아! 나는 대체 동생에 대해 뭘 알고 있다고 자부했던가?"

천태웅이 한숨을 내쉬었다.

"무슨 한숨을 그렇게 크게 내쉽니까? 이 진사가 강하면 좋은 것 아닙니까?"

"맞는 이야기이지요. 강하면 좋은 겁니다."

"궁금한 점이 있으면 싸우고 난 뒤에 물어도 늦지 않습니다."

"옳다."

천태웅이 바라는 건 지금 이한열이 다치지 않는 것이었다.

궁금한 점이 있기는 했지만 전장에서는 그게 다였다.

몰랐다고는 하지만 기분이 나쁘지는 않았다.

아니, 이한열이 강했기에 절로 기분이 좋아졌다.

스륵! 스륵!

이한열은 혈기가 치솟아 올랐다. 한바탕 교전을 겪었던 몸이 또다시 강렬함을 진하게 원하고 있었다.

뒷목이 뜨거웠다.

그 역시 천태웅을 비롯한 부하들의 시선이 자신에게 꽂혀 있다는 사실을 잘 알았다.

그리고 뜨거운 시선의 사람들이 무엇을 원하는지도 잘 알고 있었다.

슥!

이한열이 오른손을 하늘 위로 치켜들었다.

"더 이상의 대화는 없다. 공격하라!"

뜨거운 투기를 담은 이한열의 외침이 울렸다.

피가 끓어오르고 투쟁심이 용솟음치는 울림이 옥화장 구석구석으로 퍼져 나갔다.

"죽여도 됩니까?"

막대성이 물었다.

손속에 사정을 두고 싸우는 것과 그렇지 않은 건 천지 차이였다.

'살수는 용납하지 않겠지.'

그는 적을 죽이지 않은 이한열의 모습에서 내심 이미 답을 내렸다.

하지만…….

"싸우다 죽는 것이야 어쩔 수 없는 자연스러운 일이겠지. 살수를 허락한다."

이한열이 승낙했다.

그는 자신의 손으로 펼치는 직접적인 살인에 대해서는 아직 정신적으로 저항을 가지고 있었다. 평생 학사로 살아왔기에 생명에 대한 존중심이 있었다.

그러나 타인의 살수에 대해서는 너그러웠다.

사갈철왕 여관숙의 자서전을 읽으며 살인에 대해 이미 익숙해졌다.

"화끈하군요. 참으로 좋습니다."

막대성이 환호했다.

천태웅은 부릅뜬 눈으로 그런 이한열에게서 시선을 떼지 못했다.

두근두근!

천태웅의 심장이 강렬하게 뛰었다.

"하하하! 내가 바로 이한열의 의형 천태웅이다. 덤벼라!"

슥!

그가 땅을 박차며 앞으로 부드럽게 움직였다. 강한 기운이 그에게서 줄기줄기 튀어나왔다.

탓!

공중으로 몸을 띄운 그의 허리춤에서 요대가 튀어나왔다.

차르르! 차르르!

요대는 비룡포대였다.

천태웅이 금의위에 재직하면서 우연하게 얻은 기병으로, 평소에는 요대로 이용이 가능하나 허리에서 풀면 채찍의 모습을 가지고 있다. 보통 채찍으로 사용하지만 진기를 부여하면 꼿꼿하게 일어나 창이나 검처럼 사용할 수도 있다.

파파팟! 파파팟!

천태웅의 손이 흔들리자 비룡포대가 쫙 펼쳐지면서 아래에 있는 옥화장 무인들을 두들겼다.

하늘거리는 비룡포대의 움직임은 가벼워 보였지만 실상은

전혀 달랐다. 진기를 담고 있는 비룡포대에 맞은 사람들은 극심한 고통을 겪어야만 했다.

"아아악!"

"캐액!"

채찍에 두들겨 맞은 사람들이 비명을 지르며 나뒹굴었다.

주르륵! 주르륵!

가볍게 맞은 것처럼 보이는 사람들에게서 붉은 핏물이 줄줄 흘러내렸고, 찢어진 피부 속으로 부러진 뼈의 모습까지 보였다.

부드러운 비룡포대의 움직임 속에는 극강의 무리가 녹아 들어 있었다.

천태웅의 무공, 천편화우일천식의 특징이다.

"떨어지지 말고 붙어. 채찍은 원거리에서만 강하고 근접전에서는 약하다."

적들 가운데 한 명이 외치며 막 아래로 떨어지고 있는 천태웅을 향해 달려들었다. 그와 함께 두세 명의 사내들이 병장기를 뽑아 들고 천태웅을 노렸다.

"누가 채찍이 근접전에서 약하다고 하는가? 근접전에서도 강력한 채찍의 위용을 내가 직접 보여 주마."

천태웅이 비릿하게 웃으며 비룡포대를 휘둘렀다.

콰아아! 콰아아!

비룡포대가 천태웅의 몸을 타고 한 마리 용처럼 휘감아 돌더니 다가온 적들을 거칠게 두들겨 갔다.

"피해라."

"누가 가까운 거리에서 채찍이 약하다고 했어?"

비룡포대의 기민하고 광폭한 움직임에 적들이 몸을 틀어 피하려고 했다. 하지만 비룡포대의 움직임은 무척이나 신속했다.

"크아악! 채찍의 날이 바짝 곤두섰어."

"캐애액!"

사람들이 비명을 지르며 나뒹굴었다.

스치기만 했는데도 피가 흘러나왔고, 제대로 맞은 자들은 뼈가 부러지고 근육이 갈기갈기 찢어졌다.

비룡포대에 당한 사람들의 얼굴이 창백하게 변했다.

"와라!"

천태웅이 사납게 포효했다.

비룡포대를 움켜쥐고 있는 그가 위용을 드러냈다.

금의위에 뽑히고 지금까지 남아 있었던 건 그에게 실력이 있었기 때문이다.

스으읏! 스으읏!

이한열을 보면서 자극받아 생긴 강렬한 전의가 그의 몸을 휘감았다. 피를 보고 난 뒤 그의 사나운 전의는 지속적으로 커져 갔다.

팔만사천 모공이 활짝 열리면서 숨을 쉬었다.

'이 순간 나는 살아 있다.'

열린 모공을 통해 그는 오랜 시간 정체되어 있던 무공을 한 단계 위로 끌어올릴 수 있는 단서를 찾았다.

정신이 하얗게 되어 가면서 지극한 열락을 느끼고 있는 천태웅에게서 사나운 기세가 줄기줄기 흘러나왔다.

부들부들!

전율스런 감각과 느낌에 그의 팔이 떨렸다.

파라락! 파라락!

마치 주인의 성장을 기뻐하는 듯 비룡포대가 요란하게 흔들렸다.

"으으으! 물러나야 한다."

"도망쳐야 해."

옥화장의 무인들이 강해지고 있는 천태웅에게서 멀어지려고 했다.

다치고 죽기 싫어하는 그들이었다. 한눈에 봐도 싸워서 이기기 힘든 상대라는 사실을 잘 알았다. 힘의 차이가 뻔히 보이는 이상 약해질 수밖에 없었다.

"오지 않는다면 내가 가겠다."

천태웅이 물러서는 적들을 향해 달려들었다.

"도망쳐."

"이쪽으로 오지 마."

적들이 사방으로 흩어졌다.

마치 사자 한 마리가 양 떼 속으로 뛰어든 듯한 장면이었다.

"벌써 시작하셨군. 가만히 있다가는 내 몫이 모두 사라지겠어."

온훈제가 중얼거리면서 앞으로 나서려고 했다.

"누가 많이 쓰러뜨리는지 내기할까?"

막대성이 온훈제를 바라보며 말했다.

"내기는 무엇으로 하고?"

"당연히 술값 내기지."

"여자 끼고?"

"물론이지."

"좋아."

꼭 이기고야 말겠다는 의지로 온훈제의 눈이 이글이글 타올랐다.

"시작이다."

막대성이 외치면서 앞으로 튀어나갔다.

부리부리한 눈의 그가 많은 적들이 모여 있는 곳으로 사납게 뛰어갔다.

팍! 팍!

땅을 박차고 나아가는 그의 발밑에서 먼지가 자욱하게 피어났다. 용천혈을 통해 진기를 폭발시키며 나아가고 있기 때문이었다.

스르릉!

그가 도를 뽑아 들었다.

이빨이 삐죽삐죽 나 있는 낭아도였다.

콰아아! 콰아아!

도가 잔인한 바람의 괴성을 터트리며 사방을 휩쓸어 갔다.

"크아악!"

"캐액!"

비명과 낭아도에 의해 썰린 육체의 파편을 뒤로하고 막대성이 질주했다. 그가 지나가는 길 위에 붉은 피 분수가 자욱하게 피어났다.

콰아아! 콰아아!

붉은 피가 피어나는 가운데 낭아도가 허공에서 마구 날뛰었다.

"자고로 싸움은 예술적으로 해야 하는 법이다."

온훈제가 협봉검을 뽑아 들고 막대성의 옆으로 날아들었다.

휘청휘청!

새끼손가락처럼 가느다란 협봉검이 금방이라도 부러질 것처럼 흔들렸다.

푹! 푸욱!

푹! 푸우욱!

협봉검이 적들의 빈틈을 파고들어 갔다.

가볍게 찔린 협봉검에 의해 적들이 상처를 부여잡고 물러났다.

"크으으윽!"

목구멍에 작은 구멍이 난 사내의 손 틈 사이로 붉은 핏물이 흘러내렸다. 치명적인 부상을 입은 사내의 얼굴이 하얗게 변해 갔다.

"적을 쓰러뜨리는 데는 미약한 힘만으로도 충분하지."

"흥! 남자라면 과감하고 화끈하게 움직여야지."

"넌 싸움의 미학을 몰라."

"계집처럼 움직이는 것이 무슨 싸움의 미학이냐?"

"무식하군."

"무식한 것이 아니라 용맹한 거다. 그리고 네놈의 것은 미학이 아니라 얍삽한 몸놀림이고 말이다."

막대성과 온훈제는 바쁘게 몸을 놀리는 와중에도 연신 입을 움직였다.

한 마리 나비처럼 움직여 벌처럼 쏘는 온훈제의 협봉검과 거치적거리는 건 모두 썰어 버리는 낭아도의 움직임은 극심하게 비교됐다.

번뜩!

반짝!

낭아도의 날카로운 이빨에 영롱한 빛이 일렁였다.

협봉검의 검첨에 새파란 빛이 반짝였다가 사라졌다.

그것들은 기를 유형화한 도기와 검기였다.

"잘 싸우는군."

이한열이 정열적으로 싸우는 천태웅과 온훈제, 막대성 등을 보며 중얼거렸다.

옥화장 무인들을 휩쓸어 가는 그들은 강했다.

그들뿐만이 아니었다.

천태웅의 추천을 받아 뽑은 다른 사람들도 하나같이 약하지 않았다.

그들은 모두 이미 자금성에서 실력을 인정받은 자들이었다. 실제 능력에 비해 오히려 가치가 저평가됐다.

그들을 영입하여 휘하에 둔 것은 이한열에게 있어 큰 행운이었다.

이한열도 거침없이 움직이고 있는 천태웅과 온훈제, 막대성을 제대로 상대할 자신이 없었다.

세 명은 원하는 순간 기강을 뿜어낼 수 있는 실력자들이었다.

"저것들이 굳센 기운인 기강(氣剛)이로구나."

이한열이 광채의 정체를 단숨에 파악해 냈다.

기강에는 예사롭지 않은 기운들이 넘쳐났다.

기강을 제대로 막을 수 있는 건 기강과 날카롭고 잘 정련된 신병이기뿐이었다.

"기강 앞에서는 현재의 내 몸이 버텨 내지를 못한다."

이한열은 자신을 잘 알고 있었다.

기강에 적중당하면 그의 단단하고 탄력적인 몸도 잘려 나가고 말 것이다.

물론 외문무공에도 기강을 막아 낼 방법이 있었다. 병장기에 기운을 불어넣는 것처럼 육체에 기운을 불어넣으면 된다.

하지만 병장기에 기강을 만드는 것보다 육체에 기운을 불어넣는 편이 훨씬 어렵다. 병장기는 작은 반면 육체는 넓고 크기 때문이다. 넓고 큰 육체에 제대로 기운을 불어넣지 못하면 기강 앞에서 그대로 쪼개지고 만다.

외문무공은 내문무공에 비해 진기의 소모가 훨씬 비효율적이었다.

그렇지만 그의 전의는 결코 꺾이지 않았다.

"차후에 한번 붙어 보고 싶어. 저들과의 대련은 나를 더욱 높은 곳으로 이끌어 줄 테니까."

이한열의 눈이 반짝반짝 빛났다.

그리고 그 이전에 그가 해야 할 일이 있었다.

第四章

금의위 협력 인사

옥화장의 간판이 청천장으로 바뀌었다.

싸움의 시작은 격렬했지만 끝은 참으로 싱거웠다. 삼백여 명의 옥화장을 이끄는 장주가 도망쳤기 때문이다. 만약 옥화장주가 격렬하게 대응했다면 이한열의 부하들도 다치거나 죽었을 것이다.

머릿수의 우위는 결코 무시할 수 없다.

하지만 옥화장주의 도주로 인해 이한열의 피해는 극히 적었다.

하루아침에 옥화장이 사라진 모습을 지켜본 사람들은 경악했다.

갑작스런 일로 옥화장이 차지하고 있던 구역과 거래하던 상인들, 고리대금을 빌려 갔던 사람들 등의 일에 약간의 혼란이 발생했다.

"잡음이 있었지만 이제 어느 정도 정리가 됐습니다."

윤구가 보고를 하고 있었다.

그의 능숙한 일 처리로 인해 혼란이 빠르게 진정됐다.

청천장의 집무실 권좌에 앉아 있는 이한열에게선 여유가 넘쳤다. 가만히 있는 듯 보이는데 그 모습에 힘이 흘렀다.

지금 이 순간 웃고 있는 이한열은 강했고, 또 아름다웠다.

"옥화장의 조직과 전 구성원 흡수, 그리고 구역 정리는 잘 되고 있는가?"

이한열이 말했다.

지금 말한 문제들만 잘 정리된다면 그는 새롭게 나아갈 수 있는 능력이 생길 거라 확신했다. 새로운 힘이 생긴다는 생각에 절로 웃음이 피어났다.

"순조롭게 진행되고 있습니다. 반항하는 녀석들을 소탕하고 있으며, 충성을 맹세하는 사람들을 흡수하는 중입니다. 흡수한 사람들에 대해서는 관청의 자료와 사람들의 평가를 참조하고 있습니다."

윤구가 보고했다.

이한열이 직접 나서지 않아도 일은 잘 흘러갔다.

관리로서 일하고 있는 이한열은 낮에는 직접적으로 이번 일에 나설 수 없었다. 그렇기에 그의 부재 시 전권을 쥐고 행사할 수 있는 사람들이 필요했다.

바로 윤구가 그런 인물 가운데 한 명이었다.

윤구는 이한열의 군사였다.

그는 이한열의 명령을 기준으로 하여 일 처리를 깔끔하게 했다.

그런 그에게 이한열은 더욱 큰 권한을 다시금 줬다.

"사람들을 잘 관리해. 상인, 혹은 일반인들과 문제를 일으키는 자들을 본보기로 삼아 호되게 처리하도록."

이한열은 옥화장을 바탕으로 한 청천장을 새롭게 태어나게 만들었다.

여전히 불법적인 일에 한 발 걸치고는 있었지만 빠르게 덩치를 키워 나갔다. 고리로 대금을 빌렸던 사람들의 이자를 무려 반으로 줄였고, 상가로부터 받는 보호비도 깔끔하게 받았다.

청천장의 사람들은 상가들에서 결코 외상으로 음식을 먹거나 물건을 사지 않았다.

흑도의 무리들은 자신들이 차지하고 있는 구역에서 으레 외상을 했다. 그런 외상들은 상인들에게 영원한 미수금으로 남는다.

이한열은 그런 불법적인 일을 금했다.

"문도들을 너무 억누르면 문제가 생길 수도 있습니다."

윤구가 조심스럽게 말했다.

"억누르기만 하면 문제가 생기겠지. 흑도에서 살아가는 자들은 보편적으로 편하게 먹고 마시면서 즐기는 걸 좋아하니까."

이한열도 흑도의 인물들을 어떻게 다뤄야 하는지 잘 이해했다.

확실히 이한열의 지능과 지혜는 뛰어나다.

"그러시다면?"

"먹고 마시는 걸 못하게 하는 것이 아니야. 놀 때 놀더라도 제대로 돈을 내고 하라는 것이지. 예전에 옥화장에서 받던 돈의 세 배씩 줘."

이한열이 말했다.

지금 당장 그가 아랫사람들에게 내세울 수 있는 건 돈이었다. 그리고 흑도에서 덕이라고 할 수 있는 대표적인 경우 역시 바로 돈이었다.

이한열은 돈이라는 덕을 베푸는 데 있어 인색하지 않았다. 돈에 대한 가치가 뚜렷했다. 아낌없이 쓰기 위해 모으는 것이다. 불법이라고 지탄받을 정도로 돈을 모으면서도 가치관이 뚜렷하기에 당당했다.

돈에 대한 가치관이 무너지면 돈의 노예가 될 뿐이다.

이한열이 돈을 좋아하긴 하지만 돈의 노예가 되는 것은 사양이었다.

"헉! 그렇게 되면 청천장 운영에 차질이 생깁니다."

기겁한 윤구가 고개를 저었다.

청천장을 꾸려 나가기 위해서는 많은 돈이 필요하다.

그렇지 않아도 나갈 돈이 많은데 인건비까지 세 배로 폭증하면 윤구라고 해도 버틸 재간이 없었다.

엄밀히 말해 인건비만 세 배 이상이 들어간다.

옥화장에는 머릿수만 차지하는 허접한 사람들이 많았지만 청천장의 사람들은 하나같이 제대로 된 실력자들이었다. 실력자들의 인건비는 높았다.

"벌어들이는 수입에 비해 인건비가 너무 과다합니다. 인건비를 높게 지급하게 될 경우 석 달 안에 돈이 바닥나고 말 겁니다."

금의위에 지급하기로 한 수익금의 오 할이 문제였다.

그 문제만 없다면 인건비를 많이 주더라도 어떻게든 버틸 수 있었다.

하지만 이한열은 금의위에 줄 돈을 건드릴 생각이 눈곱만치도 없었다.

여기서 말을 바꾼다면?

그의 말에 신뢰가 사라지고, 금의위와의 관계가 멀어질 가능성이 대두된다.

이한열의 입장에선 극구 사양해야 할 일들이었다.

"괜찮다. 새로운 수입원이 생길 테니까."

"묘안이라도 있으십니까?"

"영역을 확장시킨다. 주변 흑도 조직들을 집어삼킨다."

이한열이 선언했다.

청천장 주변에는 세 군데 흑도 계열의 암흑 조직이 있다.

그들은 하나같이 옥화장과 비슷한 놈들이었다.

"헉!"

윤구가 의자에서 넘어질 뻔했다.

옥화장을 집어삼킨 지 며칠이나 됐다고 다른 암흑 조직들을 공격한다는 것인가?

청천장은 이제 막 기틀을 마련했을 뿐이다.

그렇지 않아도 지금 세 군데의 암흑 조직들이 청천장의 움직임을 예의 주시했다. 평소 툭하면 다투던 백랑견, 화반채, 혈주파가 우려 섞인 시선으로 청천장을 살폈다. 혹시라도 청천장의 칼끝이 그들을 향할지도 몰랐기에 그들 또한 노심초사하고 있었다.

까마귀 노는 흑도에 황궁에서 고고하게 노니는 백로가 날아든 셈이었다.

백랑견, 화반채, 혈주파는 큰 충격을 받았다.

"백랑견, 화반채, 혈주파가 함께 연합을 하려는 움직임을 보입니다. 자칫하면 큰 피해를 받을 수도 있습니다."

"한꺼번에 처리할 수 있어서 좋군."

이한열은 오히려 좋아했다.

청천장이 더 커 나가기 위해서는 필연적으로 주변의 영역을 집어삼켜야만 했다. 막말로 옥화장만 처리하려고 했다면 굳이 청천장을 만들 필요도 없었다.

지금이야 아직 덩치가 왜소하고 무력이 약한 청천장이지만 그 미래는 아니었다. 시작은 미약할지 몰라도 끝은 창대하기를 이한열은 소원했다.

"그렇게 쉽게 할 말이 아닙니다."

순간적으로 열이 치솟은 윤구였다.

얼굴을 일그러뜨린 그는 하마터면 이한열에게 막말을 내뱉을 뻔했다. 그만큼 그가 흥분을 했다는 반증이었다.

"나는 지시하고, 그대는 따르면 된다."

이한열이 간단하게 대화를 매듭졌다.

이번 일에 있어서 여러 가지 이유들이 존재하고, 또 금의위에도 이미 허락을 받아 뒀다. 이미 결정된 일에 대해 가타부타 말할 필요가 없었다.

지금 순간 윤구에게 중요한 건 어떻게 일을 하느냐였다.

"크윽!"

윤구가 침음을 흘렸다.

이한열이 쉽게 한 말을 수행하려면 그는 무척이나 바쁘게 움직여야만 했다. 그렇지 않아도 밤잠을 줄여 가면서 일해 왔다. 지금까지 일을 하면서 수많은 서류를 작성해야 했고, 그 가운데 중요한 서류들은 이한열에게 결재를 받아야만 했다. 거기에다 새로운 이한열의 지시로 인해 이제 한동안 철야 작업을 해야 하는 그는 벌써부터 눈 밑이 거무죽죽해졌다.

"현재 청천장의 무력이 백 명이지?"

"청풍단 오십 명, 흑풍단 오십 명입니다. 그리고 옥화장의 사람들 가운데 받아들인 수가 서른두 명입니다."

"청풍단과 흑풍단을 각각 백 명으로 늘릴 것이다. 옥화단도 백 명으로 숫자를 맞추도록."

이한열이 지시했다.

청풍단은 청천장의 얼굴로, 주로 좋은 일을 하는 역할이다.

흑풍단은 무력을 사용할 때 나선다. 그들이 나서게 될 경우 타협이란 존재하지 않는다.

옥화단은 청풍단, 그리고 흑풍단과 같은 위치에 있지만 실질적으로 가장 미미한 무력을 갖췄다. 무인이라고 칭하기 힘들 정도로 낮은 수준의 사람들이 대부분이다.

옥화단 소속의 상당수는 바로 옥화장 사람들이었다. 옥화단의 사람들은 암흑가 특유의 불법적이면서 더러운 일들을 주로 맡는다.

"도망친 화정목이 자꾸 분란을 일으키려 하고 있습니다. 옥화단에 소속된 무인들에게까지 손을 뻗치고 있는 실정입니다."

뒤로 공작을 펼치는 화정목의 솜씨가 녹록지 않았다.

가만히 방치해 뒀다가는 새롭게 출발하는 청천장에 문제가 생기게 된다.

"예의 주시하는 가운데 그의 수작을 방치해."

이한열이 살짝 미소를 지으면서 말했다.

"화정목의 회유에 넘어가는 사람들이 나올 수 있습니다. 옥화단의 사람들이 동요하고 있습니다."

윤구가 우려를 표했다.

아직 탄탄한 체계를 갖추지 못한 청천장의 사람들이었다. 사람들 사이에 불협화음이 발생하면 청천장이 사라질 수도 있었다.

"좋은 상황이야. 외부의 위험 요소는 적당히 활용하면 큰 도움이 된다."

"화정목을 이용하시는 겁니까?"

"옥화장을 공격할 때 손해를 감수했다면 화정목의 목을

잘라 낼 수 있었어. 그렇지만 도주하게 내버려 둔 건 그의 분탕질이 도움이 될 거라고 생각했기 때문이지."

"어떤 도움이 됩니까?"

"화정목이 지금 숨어 있는 곳이 어디지?"

"혈주파의 영역에 있는 원앙루라는 홍루에 머무르는 중입니다."

"혈주파가 화정목을 지원하고 있다는 반증이지. 청천장이 혈주파를 상대로 싸움을 걸 명분이 생긴 셈이야. 장담하는데, 혈주파 따위는 내 상대가 아니야."

주변의 영역을 차지하는 건 무척이나 쉬웠다. 단지 전체적인 그림을 그리고 혈주파를 비롯한 다른 조직들 뒤에 누가 있는지 알아볼 시간이 필요했다. 그리고 시간과 함께 이한열의 의도대로 일이 진행될 수 있도록 관과 높은 사람의 협조가 중요했다.

* * *

따뜻한 햇볕이 내리쬐는가 싶더니 시커먼 먹구름이 몰려왔다. 이내 빗방울이 매섭게 떨어졌다. 땅바닥이 파일 정도로 강하게 내리는 폭우였다.

북진무사!

금의위에 소속된 기구로, 남북 두 진무사 가운데 하나이다. 황제의 직속 기관으로 사법기관을 거치지 않고 직접 감찰과 체포, 처결을 담당한다. 별도로 북진무사에서 담당하는 옥사까지 있다.

지금은 비록 동창에 비해 위력이 약화되었지만 여전히 막강한 힘을 발휘한다.

툭! 투툭!

툭! 투욱!

우산을 두들기는 소리가 요란했다.

이한열은 강렬한 빗소리를 들으면서 북진무사의 한 건물을 향해 나아갔다.

제기 범영수의 초대를 받아 오찬에 참석하기 위한 발걸음이었다.

"말 한마디 잘못했다가 바로 체포당할 수 있는 곳이라는 사실을 명심하고, 제기를 대할 때 각별히 조심하게."

천태웅이 주변을 둘러보며 작은 목소리로 주의를 줬다.

"유념하겠습니다. 걱정하지 마십시오."

이한열이 총기 넘치는 눈빛으로 천태웅을 바라보았다.

"어련히 알아서 잘하겠지만 걱정이 드는 것은 어쩔 수 없군. 꼬투리를 잡으려고 하면 어느 누구도 제기 앞에서 벗어나지 못해."

천태웅은 초조한 마음을 금하지 못했다.

서슬 퍼런 금의위에 체포당하면 없는 죄까지도 생겨난다. 아무 죄도 없이 하루아침에 목숨을 잃는 자들까지 있었다.

때문에 제기 범영수에 대한 원성이 자자했다.

그런 범영수에게 이한열을 데려가고 있는 천태웅은 괜히 가슴이 뜨끔했다. 범영수가 이한열의 꼬투리를 잡으면 천태웅도 안전하지 못했다.

이한열의 호의호식에는 여러 가지 불법적인 행위가 넘쳤다. 북경에 여러 눈을 두고 있는 제기라면 그런 불법을 이미 인지하고도 남았을 것이다.

"잡아들이려고 했다면 벌써 체포를 했겠지요."

이한열이 침착하게 입을 열었다.

성큼성큼 걷고 있는 그의 마음가짐은 여유로웠다.

범영수가 작정하면 어떤 수를 쓰더라도 이한열은 벗어나지 못한다. 그렇기에 오히려 편안한 마음으로 만나러 갈 수 있었다.

"제기는 무서운 사람이야."

천태웅은 여전히 안절부절못했다.

게다가 며칠 전, 이한열에 대해 상세히 정리된 보고서를 범영수에게 넘겼다. 각고의 노력을 기울여 이한열의 좋은 부분을 나름 과장하고 나쁜 부분은 축소시켰지만 범영수라면 다른 쪽 비선을 통해 이한열의 보고를 접했으리라!

총명하고 영민한 제기 범영수는 다방면에서 정보를 받아들여 취합시켰다. 그러면서 황실에 충성하고 있었기에 제기의 자리에까지 오를 수 있었다.

그는 황권을 견고히 하기 위해 많은 업적을 남겼고, 그 과정에서 충성스런 많은 신하들을 죽였다. 북진무사의 옥사에는 아직도 그런 신하들이 남아 있었다.

범영수는 필요할 경우 지나치게 피를 보기를 두려워하지 않았다.

"사방으로 패를 갈라 다투고 있는 시국입니다. 황실을 수호해야만 하는 제기의 위치에 있으면 무섭게 행동할 수밖에 없지요."

뚜벅뚜벅 걸음을 옮기는 이한열의 말에는 거침이 없었다.

그의 머릿속이 빠르게 움직였다.

'상황이 나쁘지 않아.'

이한열은 흘러가는 주변 여건이 좋다고 판단했다.

무섭고 강한 권력을 움켜쥐고 있는 범영수의 초대는 이한열에게 있어 새로운 기회였다. 별다른 뒷배가 없던 그에게 굵고 튼튼한 동아줄이 생겨날 수도 있었다.

둘은 북진무사의 심처로 움직였다.

"충! 명을 받아 부정자를 데리고 왔습니다."

천태웅이 깔끔하고 고풍스런 방 앞에서 아뢰었다.

"들어와."

"예, 들어가겠습니다."

천태웅이 안으로 들어섰다.

흑단목으로 된 의자에 앉아 있던 범영수의 날카로운 시선이 방으로 들어서는 이한열을 훑었다. 머리에서 발끝까지 낱낱이 살피는 시선이 참으로 서늘했다.

망포를 걸치고 있는 범영수의 귀밑머리가 희끗희끗했다. 황실에 들어와서 삼십 년을 넘게 보내고 있는 그의 나이는 환갑을 갓 넘어가고 있었다.

금의위에서 노회한 인물 가운데 한 명이었다.

"미천한 부정자 이한열이 고명하신 제기 범영수 님을 뵙습니다."

이한열이 고개를 조아렸다.

"부정자와 이야기를 나눌 테니 그대는 이만 물러가오."

"충!"

천태웅이 복명한 뒤 밖으로 나갔다.

둘만 남은 공간에 잠시 동안 어색한 침묵이 감돌았다.

"……."

이한열은 고요히 침묵했다.

윗사람이 말을 꺼내지 않고 있을 때 아랫사람에게 가장 큰 덕은 바로 침묵이었다. 침묵하면서 눈빛을 빛내고 있는 이한열이었다.

"앉게나."

범영수가 의자를 가리켰다.

입가에 미소를 머금고 있는 그의 눈빛이 호기심으로 빛났다.

툭!

범영수가 책상 위에 있던 보고서 한 뭉치를 이한열의 앞쪽에 던졌다. 펼쳐져 있는 두루마리 한 곳에는 거래처에서 받은 뒷돈, 채광석에 대한 공작 등이 적혀 있었다.

"적지 않은 불법을 저질렀던데……."

범영수가 작은 목소리로 뇌까렸다. 동시에 강렬하면서 차가운 범영수의 시선을 접한 이한열은 등줄기에 식은땀이 주르륵 흘렀다. 하지만 겉으로는 결코 여유로움을 잃지 않았다.

"예, 말씀대로 불법을 저질렀습니다."

이한열이 당당하게 인정했다.

'이놈 봐라!'

범영수의 눈빛이 번뜩였다.

대범하게 불법을 인정한 대답은 그를 놀라게 하기에 충분했다. 보통 그가 잘못을 지적하면 사람들의 얼굴이 새파랗게 굳어지곤 했다.

"체포를 당해도 별말이 없겠군."

"아뢰옵기 황송할지 몰라도 드릴 말씀이 있습니다."

"해보게."

"거래처의 뒷돈은 관례에 따라 적당하게 받았습니다. 그리고 파직당한 채광석의 일은 받은 대로 돌려줬을 뿐입니다."

이한열이 고개를 꼿꼿이 세우고 범영수를 바라보았다.

서늘한 눈빛이 번뜩이고 있는 범영수가 재미있다는 듯 그를 살폈다.

"내 앞에서 주눅 들지 않다니 기개가 가상하구나."

"제가 청백리가 될 수는 없지만 그렇다고 탐관오리도 아닙니다. 어디까지나 분수에 맞게 처신하고 있습니다. 그리고 저를 해하려고 하는 사람을 상대로 똑같이 행동했습니다. 죽이려고 하는 사람은 반대로 해침을 당할 수도 있는 법이니까요."

이한열은 숨김없이 이야기했다.

"재미있어."

솔직한 대답에 범영수가 고개를 끄덕였다.

대부분의 관리들이 뒷돈을 받고 있는 실정이었기에 적당하게 받은 뒷돈은 큰 문제가 되지 않았다. 그리고 불합리하게 가해 오는 타인의 압박에서 벗어나기 위해 공작을 펼치는 것도 범영수가 볼 때 나쁘지 않았다. 불합리한 일에 순응하는 것보다 훨씬 좋았다.

반발하지 못하고 순응하면 더욱 큰 화로 돌아온다.

“책만 파고든 순한 학사인 줄 알았는데 속에는 독사가 수십 마리 들어 있군.”

범영수가 이한열을 보며 웃었다.

“칭찬으로 듣겠습니다. 감사합니다.”

날카로운 범영수의 말에 이한열이 따라서 살포시 웃으며 긍정했다.

‘마음에 드는군. 기회를 줘도 괜찮겠어.’

범영수가 결정했다.

기회주의자이면서 이기적으로 보이는 이한열이 어떤지 직접 느껴 보기 위해 마련한 자리였다. 고리타분한 학사라면 크게 경을 치려고 했지만 그가 본 이한열은 학사라기보다 투사에 가까웠다.

“무공을 익히고 있다고?”

“예, 외문무공을 수련하고 있습니다.”

“험난한 길을 걸어가고 있군.”

범영수는 이미 보고를 통해 이한열이 익힌 무공을 알고 있었다.

횡가철문전.

철사장.

연금종주.

범영수는 이 세 가지의 극악한 외문무공을 꿋꿋하게 수련해 나가고 있는 이한열에게 찬사를 보냈다.

천대를 받고 있는 외문무공이지만 제대로 익히면 실로 무서운 위력을 발휘한다. 절정의 위력을 보일 정도로 수련하기가 어렵다는 단점이 있지만……

오랜 세월 학사로 살아온 이한열에게는 오히려 좋은 무공인지도 몰랐다.

'사갈철왕의 외문무공을 익히고 있다는 건 모르는군.'

이한열이 속으로 미소를 지었다.

탁월한 첩보 능력과 조사 능력을 지니고 있는 금의위였지만 이한열에게 전해진 사갈철왕의 비전까진 알아차리지 못했다.

외문무공은 위력적이기에 그만큼 위험하다. 또 이한열에게 있어 숨겨진 힘이기도 했다.

이런 비밀스런 힘을 범영수에게 알릴 이유가 전혀 없었다.

'내가 소요서생인 사실도 모르고 있어. 의외로 금의위 조사에 허점이 많아.'

저술 활동은 방에서만 하고, 써놓은 책들은 비밀 장소에 보관했다. 혹시라도 청소하던 시비들이 보면 곤란했기 때문이다.

이한열이 철저하게 소요서생이라는 사실을 은폐하고 있었기에 금의위의 철저한 조사에서도 드러나지 않았다.

"몸에 기가 부드러우면서 빠르고 강하게 흐르고 있군. 그동안 자네가 얼마나 혹독한 훈련을 했는지 짐작할 수 있겠어."

범영수는 이한열의 몸에 흐르고 있는 기를 느꼈다.

따로 축기를 하지 않는 외문무공이라고 해도 기와 무관하지 않다. 무수히 반복되는 훈련을 통해 자연스럽게 축기가 된다.

몸을 혹독하게 단련하는 외문무공은 단전호흡과 비슷하다. 내가심법처럼 단전에 직접적으로 기를 축적하지 않지만 몸 전체에 퍼트린다.

몸 전체가 단전화가 된다고 할까?

그 시작은 미미하지만 육체가 강화되면서 끝이 창대하다.

금강불괴!

극한의 외문무공은 모든 공격을 무위로 만들어 버린다.

금강불괴의 육체가 내뻗는 발과 주먹은 그 자체로 흉기나 다름없다. 극도로 실전적인 무술이 만들어지는 셈이다.

"아직 갈 길이 멉니다."

이한열은 스스로 부족함을 잘 알았다.

외문무공을 수련하는 데 있어 그는 이제야 진정한 출발선에 섰다고 느꼈다. 지금보다 육체가 더욱 강인해지고 부드러우면서 탄력이 넘쳐야 기강을 직접 상대할 수 있었다.

당장 이한열에게 급한 건 굳센 기운인 기강이었다.

그 경지에까지 이르기 위해서는 또 많은 고통을 겪어야만 한다.

"자네에게 한 가지 제안할 게 있네."

"경청하겠습니다."

"금의위의 협력 인사가 되는 건 어떤가?"

"협력 인사요?"

"주로 정보원으로 활동하고, 필요에 따라 금의위의 일에 협력하면 되네."

범영수가 이한열의 의사를 물었다.

아무 생각 없이 금의위에 협력하는 사람들도 있겠지만 이한열은 진사 출신의 황궁 관리이다. 금의위의 협력 인사에 거부감을 가질 수도 있었다.

하지만 그건 핑계일 뿐, 단지 이한열의 체면을 약간 세워주는 확인 작업일 뿐이었다.

"따르겠습니다."

이한열이 침착하게 승낙했다.

애당초 거부할 수 있는 권한이 없었다.

그리고 범영수의 제안이 이한열은 처음 듣는 순간 마음에 쏙 들었다. 이제 배경으로 금의위가 생긴 셈이었다.

"협력 인사가 된 기념으로 황궁무고에 들어갈 수 있게 해 주겠네."

막강한 권한을 가지고 있는 범영수는 이한열을 황궁무고에 집어넣을 힘이 있었다.

'황궁무고 입장으로 은혜를 베푸는 것도 나쁘지 않지.'

앞날이 기대되는 이한열과 좋은 관계를 만들 의도였다.

'외문무공을 어디까지 익힐지도 궁금해.'

범영수가 순수한 호기심을 드러냈다.

"황궁무고요?"

이한열은 몹시 기뻐했다.

중원과 새외를 망라하고 진귀한 무공들을 소장하고 있는 곳이 바로 황궁무고였다.

세상에서 가장 방대한 무서를 소장하고 있다고 알려져 있는 황궁무고에는 아무나 들어갈 수 없다.

"일급 무고에 들어갈 수 있는 권한을 주지."

황궁무고의 무서들은 잘 분류되어 있다.

특급으로 분류된 천지인급은 익힐 수 있는 사람들이 한정되어 있다. 황족들과 황제에게 허락을 받은 자들만 입장이 가능하다.

일급 무고는 특급에 비해 엄격하지는 않다. 하지만 그 기준을 통과하는 사람은 한 해를 통틀어 천 명이 넘지 않는다.

"감사합니다."

많은 무서들로 넘쳐나는 황궁무고에 꼭 입장하고 싶었던 이한열은 의자에서 일어나 고개를 넙죽 숙였다. 황궁무고에 들어서면 마음대로 많은 수의 무서들을 탐닉할 수 있었다.

범영수가 이한열에게 큰 선물을 준 셈이었다.

"일급 무고이지만 그대에게 나쁘지는 않을 거야. 가장 많은 무서들을 소장하고 있는 곳이 일급 무고이네. 그리고 그곳에는 외문무공에 대한 서적들도 많이 비치되어 있다."

땀 흘리며 육체적으로 훈련하는 외문무공은 황궁무고에서 낮은 위치로 분류된다. 고귀한 황족들이 땀을 뻘뻘 흘리면서 훈련할 수는 없는 노릇이기 때문이다. 그리고 수십 년 훈련해도 좋은 성과를 얻기 힘들었다.

반면 내가무공은 황족들에게 안성맞춤이었다. 대륙과 새외에서 진상된 진귀한 영약을 복용하면 수월하게 내가무공을 수련할 수 있다.

"나에게 고마워하지 말고 황제 폐하와 황실에 감사하게."

"황제 폐하 만세! 만세! 만만세!"

이한열이 제자리에서 즉각 무릎을 꿇으며 황제 폐하가 있는 북방을 향해 고개를 조아렸다.

"일어나게."

"헤아려 주신 깊은 은혜, 뼈에 깊이 새기겠습니다."

이한열이 일어나면서 고개를 조아렸다.

"황궁무고에 들어갈 수 있는 패라네."

범영수가 탁자 위에 있는 '만승 일급'이라고 적힌 패를 던졌다.

휙!

둥근 패가 느릿느릿 허공을 날았다.

부드럽게 날아드는 황금 패의 속도는 무척이나 느렸다. 금방이라도 땅에 떨어질 것 같았지만 꾸준하게 허공을 가로질렀다.

'시험이군.'

직감적으로 깨달은 이한열은 전신에 힘을 모았다.

"잘 받아 보게."

범영수가 짓궂게 웃음을 지었다.

패에는 경지에 이른 범영수의 묵직하면서도 부드러운 기운이 담겨 있었다.

스으윽!

천천히 움직이던 패가 이한열의 바로 코앞까지 다가왔다.

"흡!"

기합을 토한 이한열이 두 손을 중첩하여 앞으로 내세웠다.

전신에 깃들어 있는 진기들이 그의 호흡과 의지에 따라 반응했다.

지금 순간, 육체의 통제가 이한열의 마음에 따라 움직였다.

우우웅! 우우우웅!

이한열의 몸에서 벌 떼 우는 소리가 울렸다.

검을 다루는 검사의 입장에서 볼 때 검명과 똑같았다.

검사가 검을 울릴 때, 외문무공을 익힌 투사는 몸이 진동한다. 정확한 공식 명칭은 진체명이라고 하는데, 진실한 육체의 울림이라는 뜻이다.

진체명은 검명과 똑같지만 실제로 펼치기가 더욱 지난하다. 무생물이면서 단순한 검에 진기를 넣어 검명을 터트리는 것과 복잡하면서 살아 있는 몸에 진체명을 하는 것은 이질적으로 많이 다르기 때문이다.

우우우웅! 우우웅웅!

실내에 진체명의 울음소리가 묵직하면서 웅장하게 울려 퍼졌다. 강렬한 기운이 이한열을 중심으로 해서 사방으로 넘실거렸다.

"잘 받겠습니다."

온몸의 힘을 끌어 올린 이한열이 말하면서 패를 받았다. 철사장까지 끌어 올린 중첩된 양손으로 강렬한 힘이 몰려들었다.

툭!

패가 가볍게 그의 손에 들어왔다.

순간!

쿵!

패와 부딪친 손바닥에서 묵직하면서 폭발적인 소음이 터졌다.

부르르! 부르르!

철사장이 펼쳐진 강하고 튼튼한 손바닥이 애처로울 정도로 파르르 떨렸다. 폭음과 함께 묵직하게 전해진 힘이 팔을 넘어 이한열의 전신에 휘몰아쳤다.

뚜둑! 뚜둑!

손바닥이 꺾이면서 이질적인 뼈 소리가 울렸다.

"크윽!"

침음을 터트린 이한열의 허리가 뒤로 꺾여 나갔다. 금방이라도 손과 허리가 부러질 것처럼 휘청거렸다.

'결코 꺾이지 않아!'

굳게 다문 이한열의 입술에서 고집이 피어났다.

강력한 압박을 당하고 있지만 그의 의지는 결코 쓰러지지 않았다.

우우웅! 우우웅!

진체명의 울음소리가 더욱 커지면서 뼈와 힘줄, 근육 등에 깃든 진기들과 힘이 더욱 증폭됐다. 뒤로 꺾이던 허리가 점차 꼿꼿하게 세워졌다.

콰득!

그의 손이 패를 강하게 움켜잡아 갔다.

다소 어려움이 있었지만 패에 실린 경력을 이한열이 이겨낸 것이다.

짝! 짝!

범영수가 박수를 쳤다.

"호오! 진체명을 울릴 줄은 몰랐군. 짧은 시간에 외문무공을 높은 수준으로 체득했어."

범영수의 예상 범위보다 이한열의 수준이 더 높았다.

"아직 많이 부족합니다."

이한열이 답했다.

그의 말은 으레 내뱉은 말이 아니다. 이한열은 진심으로 부족함을 느꼈다. 그는 끝없이 탐구하고 성취하려는 괴물적인 마음을 지녔다.

학사로서 공부하고, 투사로서 싸운다.

학사와 투사가 조화를 이뤄 나갔다.

이한열은 아직 학사로서도 부족했고, 투사로서도 미흡했으며, 학사와 투사의 조화로움도 어색했다. 만약 전자가 모두 충족된다면 능히 고수라는 소리를 들을 수 있을 터였다.

“정진하게. 황궁무고가 자네의 부족한 점을 채워 줄 수 있을 것이야.”

“최선을 다하겠습니다.”

“지켜보겠네.”

범영수는 앞으로의 이한열이 기대됐다.

“밖에 누구 있나?”

“부르셨습니까?”

익숙한 목소리가 문밖에서 울렸다.

천태웅이었다.

아까 나갔던 천태웅이 이한열에 대한 걱정으로 지금까지 밖에서 대기하고 있었던 것이다.

“부정자를 일급의 황궁무고까지 안내해 주도록 하게.”

범영수의 말에 천태웅이 놀란 표정을 지었다.

아무나 갈 수 없는 곳이 바로 황궁무고였기에 천태웅도 가보지 못했다. 무인이라고 하면 누구나 가보고 싶어 하는 곳이 바로 황궁무고였다.

“명을 받듭니다!”

천태웅이 외쳤다.

“황궁무고에서 좋은 결과 얻기를 바라네. 나가 보게.”

범영수가 웃으며 말했다.

"그럼 다음에 뵙겠습니다."

이한열이 정중하게 머리를 숙여 읍한 뒤에 물러났다.

집무실에서 나온 천태웅은 이한열을 보며 환하게 웃었다.

"자네가 황궁무고에 들어가게 되다니! 진심으로 축하하네."

내심 그는 약간의 질투를 하기도 했지만 이한열의 기연을 진심으로 축하해 줬다. 황궁무고에 들어간다는 건 무인에게 있어 기연이었다.

"모두 형님 덕분입니다."

"아닐세! 내 덕이 아니라 자네의 능력이야."

천태웅이 딱 선을 그었다.

범영수에게서 황궁무고 열람권을 얻은 사람은 손가락에 꼽을 정도였다.

"앞으로 내가 잘 부탁드려야 할지도 모르겠어."

천태웅이 엄살을 부렸다.

범영수에게 예쁘게 보인 이한열의 앞날은 무척이나 밝았다.

"한번 형님은 영원한 형님이지요. 제가 잘나간다고 해도 언제까지나 형님의 동생일 뿐입니다. 황궁무고에서 형님에게 필요한 무서를 머릿속에 넣고 나와 알려 드리겠습니다."

주변의 지인에게 호감 사는 법을 잘 아는 이한열이었다.

"하하하! 이래서 내가 동생을 좋아한다니까. 당장 황궁무고로 가세. 비인부전의 무서들로 넘쳐나는 황궁무고에서 많은 기연들을 섭렵하게나. 어디까지나 나에게 필요한 무서는 덤으로 하고 말이야."

천태웅이 황궁무고를 향해 빠른 걸음으로 앞장섰다. 말과는 달리 잔뜩 기대하고 있는 표정이 역력했다.

그 옆에서 입가에 웃음을 짓고 있는 이한열도 빠르게 걸음을 옮겼다.

第五章

황궁무고

자금성 안 여러 건물과 별궁, 그리고 별채들을 지나 심처 안에 황궁무고가 존재한다. 삼엄한 경계를 하고 있는 황궁무고에 허락받지 못한 사람은 접근이 불가했다.

근처까지만 안내한 천태웅은 이미 돌아간 뒤였다.

"설레는군."

이한열은 심장이 두근거렸다.

책을 본다는 자체만으로 흥분되는 걸 볼 때, 그는 천생 학사였다.

"어떤 책이 나를 새로운 길로 안내할까?"

이한열에게 있어 책은 값으로 가늠할 수 없는 진귀한 가르침들이 잔뜩 실려 있는 보물이었다.

그는 책에서 보물들을 마구 캐낸다.

책의 내용 도둑!

책의 내용에 대한 도둑질은 결코 누가 뭐라고 하지 않는다.

하지만 책에 대한 도둑질은 허락받은 자만이 가능하다. 능력이 있거나 운이 좋아야 비인부전의 가르침을 얻는다. 즉, 책을 쓴 저자와의 교류를 통해 자신만의 기틀을 마련해야 했다.

문무 양반에 탁월한 재능을 가지고 있는 이한열은 선택받은 능력자 가운데 한 명이었다.

황궁무고의 일급 서고 입구는 지하에 위치하고 있다.

"이한열 부정자님! 연락받고 기다리고 있었습니다. 패를 보여 주시지요."

정복을 입고 있는 사내가 이한열을 반겼다.

"여기 있네."

자신보다 낮은 구급의 사내라는 사실을 알아차린 이한열이 짧게 말했다.

거만하지 않고 위엄에 찬 모습이었다.

옥화장의 일이 있고 난 뒤 이한열에게서는 더욱 품격이 느껴졌다. 많은 사람들을 거느리며 굵직굵직한 문제들을 해결해 나가면서 생긴 관록이었다.

황궁에서는 자연스런 위엄이 큰 위력을 발휘한다.

아랫사람들에게 거침없이 대해야 더욱 정중한 대응으로 돌아왔다.

"확인했습니다."

꼼꼼하게 패를 확인한 사내가 조심스럽게 돌려주면서 이어서 이야기했다.

"일 회만 입장할 수 있고, 머무를 수 있는 시간은 최대 하루 동안입니다. 일찍 나오신다고 해도 다시 입장이 불가능하니 유념하십시오."

이한열이 소지한 패는 일 회만 입장이 가능했다.

언제 어느 때나 황궁무고에 입장하기 위해서는 범영수가 아닌 황실, 혹은 황제의 허락이 필요했다. 황실 무력의 근간이 되는 황궁무고 상시 출입은 황족의 동의가 필수였다.

제기 범영수가 줄 수 있는 건 단지 황궁무고 일 회 출입까지였다.

물론 그것만 해도 이한열에겐 감지덕지였다.

"알겠네. 그런데 무인이 지키고 있을 줄 알았는데……."

이한열이 말끝을 흐렸다.

눈앞의 사내는 전형적인 문인이었다. 칼 한 번 잡아 보지 못한 희고 고운 사내의 팔은 금방이라도 부러질 것처럼 호리

호리했다. 만약 나쁜 마음을 먹은 사람이 들어온다면 쉽게 처리하고 황궁무고로 들어갈 것처럼 보였다.

사내, 백두용은 이한열의 말이 질문임을 잘 알았다.

"이미 밖에서 많은 사람들이 삼엄한 경계를 펼치고 있습니다. 그리고 이곳 역시 눈에 보이지 않는 무서운 함정들이 가득하지요."

"함정?"

"각종 기관과 진법, 함정들이 즐비합니다. 허락받지 못한 존재가 황궁무고로 들어가려고 한다면 죽음만이 있을 뿐입니다."

"그렇군."

이한열이 고개를 끄덕거리면서 주변을 둘러봤다.

벽과 기둥들이 위치한 평범한 넓은 공간이라고 생각했는데, 그것이 아니었다. 단순하게 보이던 벽과 기둥들의 배치가 참으로 절묘했다. 곳곳에 위치한 아홉 개의 기둥들은 모든 공간을 절묘하게 점하고 있었다. 귀한 물건들이 소장되어 있는 황궁무고를 지킬 수단이 곳곳에 숨어 있었던 것이다.

"이제 입구를 개방하겠습니다."

백두용이 말하면서 입구 한쪽에 서 있는 기둥을 쓰다듬었다.

스윽! 슥!

기둥에 튀어나와 있는 돌기들을 그가 일정한 법칙에 따라 눌렀다.

"호오! 내가 지켜보고 있어도 괜찮은가?"

"시간에 따라 함정 해제를 달리합니다. 단순하게 보이지만 복잡하지요."

실수하면 곧바로 함정과 기관들이 작동되기 때문에 백두용이 조심스럽게 돌기들을 누르면서 말했다.

실제로 그의 전대 사람들 가운데 몇몇이 돌기를 잘못 눌렀다가 사망했다. 그렇기에 백두용도 항상 신경을 쓰면서 일했다.

"천지감응진법이 패를 확인할 겁니다. 놀라지 마십시오."

"천지감응진법?"

"네. 패와 연동하는 진법이지요."

"그런 진법이 있었군."

이한열은 속으로 약간 놀랐다.

"천지간의 기운과 소통하여 만들어지는 것이 진법입니다. 패에 심어진 기운을 확인하는 건 어렵지 않은 일이지요."

백두용이 빙그레 미소를 지으며 말했다.

"진법에 대해서 잘 아는군."

"장님 문고리 잡을 정도의 실력일 뿐이지요."

겸손하게 말했지만 백두용의 입가에는 자신감이 넘쳤다.

그는 진법에 대하여 전문가적인 지식과 능력이 있었기에 황궁무고 앞에서 일할 수 있었다.

'천지와 소통한다고? 차후에 시간이 난다면 진법을 정식으로 공부해 보는 것도 나쁘지 않겠어.'

이한열이 속으로 중얼거렸다.

휘이이! 휘이이잉!

부드러우면서 청명한 기운이 흘러나와 이한열에게로 다가왔다. 그 기운이 이한열을 부드럽게 감싸는가 싶더니 품속에 있는 패를 인지했다.

우우웅! 우우웅!

패가 부드럽게 떨었다.

"기가 패와 감응하고 있군."

기와 패가 벌이는 감응 과정을 느끼면서 이한열의 눈빛이 초롱처럼 빛났다.

'기의 흐름이 원활하다.'

이한열의 전신에서 힘이 치솟았다. 주변에 자욱하게 퍼져 있는 진기를 팔만사천 모공에서 쪽쪽 받아들이고 있기 때문이었다.

마치 기가 부드럽게 몸을 두들긴다고 할까?

참으로 신선한 감촉이었다.

"천지감응진법을 설치하려면 어떻게 해야 하는가?"

이한열이 물었다.

농밀한 자연의 기운이 잔뜩 서려 있는 천지감응진법 안에서 외문무공을 수련한다면 더욱 큰 효과를 볼 수 있었다.

약간 어처구니없다는 표정을 짓던 백두용이 황급히 설명했다.

"천고의 재능을 지닌 진법가만이 천지감응진법을 펼칠 수 있지요. 그리고 값어치를 따질 수 없는 귀물과 수많은 이물들이 있어야만 가능합니다."

천지감응진법은 황실이니 설치가 가능했다.

천지감응진법을 설치하기 위해서는 커다란 성 수십 채를 건설하는 비용이 들어간다. 거기에다 운영하는 데도 엄청난 거금이 필요했다.

한마디로 천지감응진법은 돈지랄이란 무엇인지를 보여 주는 진법이었다.

'천지감응진법에서 수련하는 것보다 영약이나 영단을 흡수하는 편이 이득이겠군.'

진법 안에서 진기를 느끼고 호흡하며 마음대로 통제하면서 얻는 이득보다 손실이 훨씬 크다. 그렇기 때문에 무림세가와 문파에선 이런 방법을 사용하지 않았다.

'과연 황실이야.'

패를 확인하는 과정을 보다 엄격하게 한다면 필요 없는 천지감응진법을 구태여 설치한 황실의 선택이 참으로 대단했다.

넘쳐나는 재물을 어떻게 활용해야 하는지 황실이 여실하게 보여 줬다.

'차후에 돈을 물처럼 쓸 수 있다면 천지감응진법을 설치해야지.'

이한열은 결심했다. 돈지랄을 할 수 있을 정도로 많은 귀물과 보석 등으로 산을 쌓으리라고. 그렇다면 지금 황실이 보여 줄 수 있는 패기를 그도 따라 하는 것이 가능했다.

어릴 때 가난했던 그는 보여 주는 품격의 중요함을 뼈저리게 느껴 왔다. 궁핍한 삶의 모습은 청빈한 것이 아니라 불쌍한 것이었다.

'아직 많이 부족해.'

이한열이 주먹을 불끈 쥐었다.

이제 조금 살 만해졌다고 생각한 이한열이었지만 지금 눈앞에서 보고 느끼며 다시금 깨달았다.

"감응이 완료됐으니 이제 들어가셔도 됩니다."

"수고하게."

"부디 좋은 결과 얻으시기를 기원하겠습니다."

이한열이 황궁무고 안으로 들어섰다.

가장 먼저 이한열의 눈에 들어선 광경은 많은 수의 서가들과 그곳에 빽빽하게 꽂혀 있는 책들이었다. 오래된 책들 특유의 퀴퀴한 냄새가 진동했다.

"엄청난 양이군."

이한열이 탄성을 터트리며 빠른 걸음으로 가장 가까이에 있는 서가에 다가섰다.

슥!

책을 뽑아 손에 집어 든 이한열이었다.

"이건 봤던 책이군."

이한열이 책을 다시금 서가에 꽂아 넣었다.

사방에 보이는 책들 가운데에는 이한열이 봤던 책들이 포함돼 있었다. 황궁무고에 비치된 일급 무서를 읽어 봤을 정도로 이한열의 지식은 낮지 않았다.

팔락팔락!

이한열의 손에서 책장이 거침없이 넘어갔다.

사생결단의 적을 마주한 것처럼 집중하여 책을 읽어 가는 이한열에게선 위압감이 흘렀다. 이채들로 번뜩거리는 눈빛이 책의 글귀에서 떠나지 않았다.

"금강나한권은 권법인 동시에 동공인 체조구나."

이한열이 소림사의 금강나한권을 살폈다.

소림사의 무승들이 기본적으로 익혀야 하는 기초 무공들 가운데 하나가 금강나한권이다. 소림사에선 황실의 명에 따라 금강나한권을 바쳤다.

금강나한권은 몸을 깨끗하게 정화시켜 주는 동공이다. 몸을 움직이면서 자연스럽게 호흡하며 인체에 쌓인 노폐물을 없애 준다.

금강나한권을 오랜 시간 수련하면 근육에 탄력이 넘치고, 근육이 강건해지며, 뼈가 강골로 바뀐다.

좋은 효과를 가지고 있는 금강나한권은 무와 담을 쌓은 선승들까지도 익혔다. 오랜 시간 앉아서 불도에 정진해야 하는 선승들에게 동공이며 체조이기도 한 금강나한권은 안성맞춤이었다.

도인들이 부드러운 태극권을 익히며 심신을 수련한다면 승려들은 금강나한권과 오금희 등을 주로 익혔다.

"금강나한권의 동공이라면 외문무공에 많은 도움이 되겠어."

이한열은 금강나한권의 구결을 머릿속에 담았다.

차후에 금강나한권의 구결들이 수련을 통해 그의 몸에 맞춰지게 되면 그는 더욱 강해질 것이다.

팔락팔락!

이한열이 빠르게 책들을 살폈다.

무고 안에선 수많은 책들이 그의 손길을 기다리고 있었다. 어느 것 하나에만 많은 시간을 보내기에는 하루라는 시간이 너무 촉박했다.

거침없이 읽어 나가는 이한열의 속도가 가끔 늦어졌다. 그는 중요하다 싶은 부분에선 더욱 집중하여 구결들을 살폈다.

공부는 선택과 집중이었다.

과거에 합격하여 황궁 관리가 될 수 있었던 것도 탁월한 선택과 고도의 집중력 덕분이었다. 오랜 시간 익숙했던 공부 방법이 지금 순간 최고조로 발휘됐다. 자신에게 필요한 부분만을 무서에서 발췌하는 이한열의 능력은 엄청났다.

"사람들의 손때가 많이 묻은 책들을 가능한 주의 깊게 살펴봐야 해."

이한열은 공부의 정도를 잘 알았다. 사람들이 많이 본 데에는 다 이유가 존재한다. 그만큼 책의 내용이 알차고 좋다는 의미였다.

많은 사람들이 공감하는 내용은 이한열도 공감했다.

"책 안에 미녀를 얻을 방법이 있고, 황금의 산을 쌓을 수단이 있다."

이한열이 아는 내용을 다른 사람들 또한 알고 있다.

하지만 극명하게 다른 점이 존재했다.

이한열은 지독하게 노력하고, 또 얻을 때까지 집착한다는 사실이었다.

책이 좋다는 사실을 다른 사람들도 알지만 미친 듯이 읽는 사람은 많지 않다. 사람들의 독서량이 줄어들고, 책은 점점 팔리지 않는 추세였다.

한 권의 책이 사람의 삶을 바꾼다.

무서를 읽으면서 이한열은 학사로서의 본능이 크게 고양됐다. 그의 인생을 바꿀 수 있는 무서들이 황궁무고에 가득 넘쳤다.

"천강구환권의 일부는 철사장에 녹일 수 있어."

이한열은 강맹한 패권의 일종인 천강구환권을 철사장에 녹이기로 마음먹었다.

천강구환권을 대성하게 되면 두꺼운 철판도 뚫어 버릴 정도로 위력적이다. 황궁무고 일급에 비치될 정도로 훌륭한 권법이었다.

"생각대로 이뤄진다면 철사장이 강맹해지면서 빨라질 것이다."

이한열은 어디까지나 기본으로 철사장을 선택했다.

철사장과 천강구환권을 단순 비교하면 하늘과 땅 정도로 큰 차이가 있다. 천강구환권이 익히기도 편하고 훨씬 위력적이다.

그렇지만 그의 근간은 외문무공이다.

좋다고 해서 근간을 바꾸면 이도 저도 아닌 잡탕이 되어 버린다.

"추혼십이조는 공격과 방어에 있어서 변화가 많구나. 이 구결들을 보면 공방에 도움이 된다."

이한열의 공격과 방어는 아직 미흡하다.

조공인 추혼십이조는 공격과 방어가 절묘하게 조화를 이뤘다. 몸을 지키는 방어가 탄탄했으며, 공격을 할 때는 갈기갈기 찢을 정도로 날카로웠다.

추혼십이조는 사파 계열의 무공으로 공격 방법이 흉흉해서 사악하다는 평까지 받았다.

"단조로운 철사장에 변화를 줄 수 있겠어."

이한열은 사파의 무공에서도 배울 점을 받아들였다.

"호오! 선인장, 이 구결의 내용은 연금종주의 수련법에 바로 응용이 가능하다."

이한열의 관심을 끄는 구결들이 속속 나왔다.

그동안 극악하게 익혀 왔던 외문무공을 더욱 풍부하게 만들어 줄 내용들이었다.

팟!

이한열이 즉석에서 익힌 연금종주를 끌어 올렸다.

선인장의 내용을 가미시키자 보다 질기면서 튼튼한 힘이 몸에 흐른다는 사실을 깨달을 수 있었다.

"음! 아직은 조금 어색하네."

이한열은 아쉬웠지만 이는 시간이 지나면 해결할 수 있는 문제였다.

첫술에 배부르지 않을 뿐이다.

직접 몸으로 살펴본 결과는 나쁘지 않았다.

"무한히 반복하는 외문무공의 수련이 궁극에는 진기의 흐름을 자연스럽게 받아들이는 과정이라고 저자는 해석하고 있군. 그렇게 쌓인 기운이 종국에는 몸에 녹아들고, 내뻗는 손과 발에 그대로 투영된다는 소리이다."

금종조의 한 갈래로 분류되는 철적동법의 저자는 외문무공에 대해 상세하게 자신의 생각을 풀어내고 있었다.

자연스러움을 가장 중요한 덕목으로 강조한 철적동법의 동작에는 생동감이 넘쳤다. 하지만 너무 자연스러운 나머지 부족함도 보였다.

"너무 기의 낭비가 심하다. 동작들이 실전적이지 않고 이상적인 부분에만 매달려 있어."

현실과 이상이 때론 다른 법이다.

이한열은 철적동법에서 받아들일 부분은 받아들이고, 버려야 한다고 생각한 곳은 과감하게 버렸다.

많은 무서들을 접하면서 그는 자신의 부족함을 더욱 생생하게 깨달았다.

황궁무고에 있는 책들의 저자들은 하나같이 이한열보다 높은 수준에 있었던 사람들이다. 그들이 저술한 무서들은 이한열에게 새로움을 보게 해줬다.

평지에 있던 사람이 언덕에 올라 사방을 바라본다고 할 수 있을까? 보다 상승의 무리들을 보면서 이한열은 개안했다. 건강하고 밝아진 정신에 반응하여 몸이 더욱 강건해졌다.

사실 이건 좋은 점이고, 나쁜 점도 있었다.

훌륭하고 강한 무공 구결을 담고 있는 무서가 있다고 해서 그걸 본 사람이 무조건 강해지는 건 아니었다. 선불리 따라 했다가 잘못하면 죽거나 주화입마를 당하기도 했다. 사부 없이 무공을 홀로 익히다 나쁜 쪽으로 진행되는 경우도 적지 않았다.

이한열은 지능이 높다. 그래서 무공 구결들을 잘 이해했고, 무엇이 자신에게 적절한지 잘 인지하면서 육체와 정신을 강화시키고 확장했다.

게다가 이한열이 익히고 있는 무공이 외문무공이라는 점도 크게 작용했다. 외문무공은 진기를 운용하는 내가무공에 비해 주화입마를 당할 위험이 상당히 적었다.

뛰어난 지능과 외문무공을 익히고 있다는 사실, 그리고 이미 검증된 훌륭한 무서들이 있다는 황궁무고라는 점 등이 복합적으로 작용하여 이한열을 강하게 만들어 주었다.

'물 들어올 때 길어야 한다.'

이한열은 황궁무고에 들어온 지금이 기회라는 사실을 직

감했다. 본능적으로 깨닫고 위험을 감수하면서 앞으로 내달렸다. 위험이 있는 만큼 강해진다는 사실을 확신했다.

구슬땀을 흘리면서 외문무공을 익혀 온 이한열은 준비된 학사이자 무인이었다.

팟!

이한열의 눈이 횃불처럼 빛났다.

책을 읽으면서 그의 정신은 더욱 청명해졌고, 육체는 피로를 느끼지 않았다. 시간이 지날수록 육체의 상태가 더욱 좋아졌다.

육체가 진화한다고 할까?

그리고 육체 진화를 더욱 가속화할 책이 이한열을 기다리고 있었다.

"이건 의서라고 해도 무방하겠군. 참으로 상세하게 육체에 대해 해부학적으로 서술해 놓았어."

이한열이 두꺼운 책을 보면서 감탄했다.

혼돈여의서는 어린아이도 이해할 수 있을 정도로 꼼꼼하게 서술해 놓은 책이었다. 무공을 펼칠 때 인체에서 벌어지는 신비로운 현상과 기의 움직임들을 눈에 보일 정도로 자세하게 설명했다.

대략적으로만 알던 내용들이 이한열의 뇌리 속에 선명하게 각인됐다.

"아하! 이렇게 작용하는 것이었구나."

안개가 낀 것처럼 흐릿했던 내용을 확실하게 깨달은 이한열이 무릎을 탁 치면서 감탄했다. 깨달은 부분들이 더 이상 어색하지 않았다.

"외문무공이 경지에 이르기 위해서는 세맥의 운용과 타통이 중요하다고?"

이한열은 새로운 가르침과 마주했다.

생체에서 경혈과 경혈을 연결하여 기의 순환을 이루는 중요한 지점이 혈도이고, 피의 순환이 이뤄지는 통로가 혈관이다. 인체에서 기혈 순환을 이루는 주된 길이 경맥이고, 경맥에서 분지로 나뉘어져 피부 표층까지 분포된 통로를 경락이라고 한다.

세맥은 오장육부를 포함하여 표층까지 거미줄처럼 연결되어 있는 가장 작은 기혈 순환의 통로이다. 눈에 보이지도 않을 정도로 가는 세맥은 기혈 순환의 양이 적었다. 그렇기에 세맥에 대해선 대부분의 무인들이 중요하게 여기지 않았다.

책의 상당 부분에는 수많은 선들이 마치 장난처럼 죽죽 그어져 있었다. 그리고 선들의 옆에는 세맥들의 운용에 대한 설명이 보였다.

"세맥에서 기운이 솟구치면 충격파가 생겨난다. 충격파는 사방으로 퍼져 나가면서 진동하게 된다. 외부로 방출된 진동에서는 충격과 압력이 만들어진다. 이런 현상을 맥동이라고 하는데, 맥동은 힘의 가속과 증폭에 큰 연관이 있다. 세맥들 하나하나의 충격과 압력은 거의 미미하지만 셀 수조차 없이 많은 세맥들의 총합은 어마어마하다. 세맥들의 수는 팔만사천 모공보다 훨씬 많다."

이한열은 무수히 많은 선들과 구결들을 살폈다. 마치 누에처럼 온통 선으로 뒤덮인 그림들이 참으로 이한열의 시선을 잡아당겼다. 오른손에 있는 수많은 혈도들마다 세맥들이 그려져 있었고, 십여 장을 넘겨서야 오른손에 대한 세맥 그림이 끝났다.

휘이이! 휘이이!

오른손에 퍼져 있는 세맥의 선들을 종합하여 머릿속에 떠올리자 절로 진기가 꿈틀거렸다. 진기들이 세맥을 따라 순환하면서 오른손에 힘이 넘쳤다.

오른손이 저절로 뜨거워졌다.

은근하게 달궈진 손이 바위를 두부처럼 꿰뚫을 듯이 강해졌다.

오른손에서 벌어지고 있는 현상을 느끼면서 이한열은 거기에 푹 빠져들었다.

두근두근!

피가 빨리 흐르면서 심장이 강렬하게 뛰었다.

"좋구나."

시선을 집중한 이한열은 혼돈여의서를 굳게 신뢰했다. 혼돈여의서가 이한열을 새로운 미지의 세계로 친절하게 안내했다.

팔락! 팔락!

책들이 빠르게 넘어갔다.

책의 선들과 내용들이 이한열의 머릿속에서 끝없이 재생되었고, 그걸 바탕으로 해서 세맥이 진동했다.

우우웅! 우우웅!

진체명이 울렸다.

우우우우웅! 우우우웅웅!

장엄한 울음소리가 이한열의 몸을 뚫고 황궁무고에 울려퍼졌다. 뜨거운 진기들이 세맥에서부터 퍼져 혈도와 혈관을 뚫고 들어갔다.

이한열은 마치 구름 위를 노니는 것처럼 기분이 좋아졌다.

주르륵! 주르륵!

모공에서 검은 땀이 솟아났다.

몸속에 쌓여 있던 노폐물들이 세맥들에서 발생한 충격과 진동에 밀려 쫓겨났다. 활짝 열린 모공들에서 비릿한 냄새를 풍기는 노폐물들이 연신 흘렀다.

이한열의 몸이 뜨거워졌다.

"크윽! 아프다. 하지만 아픔과 비례하여 시원하다. 아픈 만큼 성숙해지는 건가? 하하하하!"

이한열은 고통을 겪으면서도 웃었다.

육체를 가득 채우고 있는 세맥들이 아우성쳤다. 꿈틀거리는 아우성이 딱딱하게 굳어져 있는 혈도와 혈관, 경맥과 경락을 깨웠다.

새롭게 태어나는 과정에서 고통이 발생했다.

혼돈여의서의 세맥들이 이한열의 뇌리 속에서 하나의 장엄한 육체 지도로 재탄생했다.

우우우웅! 우우우우웅!

진체명의 울음소리와 함께 이한열의 육체에서 기이한 소리가 터졌다.

투투툭! 투투툭!

투투투투투투툭!

막혀 있던 기혈의 통로들이 타통되는 반증이었다. 노폐물로 막혀 있던 통로들이 타통되면서 엄청난 쾌감이 이한열을 덮쳐 왔다.

부르르! 부르르!

이한열이 쾌감에 몸을 떨 때였다.

부우우! 부우우우!

이한열의 몸이 땅에서 떠올랐다.

한 치 정도 위로 솟구친 이한열의 몸은 깃털처럼 가벼웠다. 화경에 도달한 무인들 가운데에도 허락받은 자들만이 가능하다는 부공삼매였다.

이한열은 생사현관인 임독양맥도 뚫리지 않았다.

화경의 경지에 이른 무인들은 임독양맥을 뚫고 세맥까지 타통하면서 부공삼매에 도달한다. 그런데 지금 이한열은 임독양맥을 건너뛰고 혼돈여의서의 탁월하고 친절한 지도 아래 세맥을 뚫었다.

이한열에게 벌어진 지금 현상은 무림의 역대를 살펴봐도 참으로 기이하고 대단한 일이었다.

하지만 혼돈여의서의 가르침에 깊이 파고들어 가 있는 이한열의 정신은 몸이 땅에서 떠올랐다는 사실을 인지하지 못했다.

이한열은 삼매경에 빠져 더욱 깊은 심연 속으로 빠져들었다.

우우웅! 우우우웅!

투투툭! 투투투툭!

진체명의 울음소리가 울려 퍼지는 가운데 세맥들의 타통 소리가 지속적으로 이어졌다. 세맥들에서 새어 나오는 진동과 충격이 도도하게 휘몰아쳤다.

노폐물이 빠져나가면서 육체는 깨끗하게 정화되어 갔다.

우우우우! 우우우우웅!

강렬한 기운을 토하는 육체가 진화하면서 이한열의 경지 또한 높아졌다.

시간의 흐름이 지나가면서 삼매경에 빠져들어 있던 정신이 깨어났다.

툭!

허공에서 부유하던 그의 몸이 땅에 내려섰다.

"……."

이한열은 아무 말도 하지 않고 그 여운을 즐겼다.

第六章

황녀 주수선

엄청난 기연을 접한 이한열은 들뜬 기분을 차분하게 가라앉히고 다시금 무서들을 탐닉했다. 황궁무고에 들어선 지금 순간 책과 함께 많은 시간을 보내는 것이 중요했다.

그의 손길을 접하지 못한 책들이 아직도 엄청나게 많이 남아 있었다. 하루라는 시간 동안 모든 책을 다 본다는 건 불가능하였다. 게다가 혼돈여의서를 읽으면서 너무 많은 시간을 보냈다.

이제 남은 시간은 두 시진 정도였다.

"입맛에 맞는 책들만 선택해야지. 그리고 형님에게 알려 줄 책들도 골라야 해. 만약 그냥 나가면 크게 실망하실 게 분명해.”

이한열은 천태웅을 떠올리며 웃었다.

호쾌한 남아처럼 보이지만 실상 천태웅은 손해 보는 걸 무척 싫어했다. 눈앞의 사소한 이익에 목숨을 거는 유형의 남자였다.

하지만 분명한 건, 이한열은 그런 천태웅이 싫지 않았다. 뒤에서 협잡질을 하는 사람들보다 면전에서 이익을 챙기는 천태웅의 모습이 더 보기 좋았다. 웃으면서 사람들을 해하는 황궁에서 천태웅처럼 마음과 행동이 일치하는 사람도 많지 않았다.

“형님도 귀여운 구석이 있다니까.”

덩치가 큰 천태웅을 떠올린 이한열이 키득키득 웃었다.

이한열은 천태웅에게 줄 선물을 신경 써서 골랐다.

“대라탈혼편과 귀왕편인이라면 귀여운 형님도 만족하시겠지.”

시원하게 사방을 누비는 변화무쌍의 대라탈혼편!

상대가 언제 죽을지 모를 정도로 은밀하게 채찍을 휘두르는 귀왕편인!

이한열은 채찍을 다루는 무공 가운데 위력적이면서 천태웅에게 필요한 두 가지를 골랐다.

마지막으로 시간이 얼마 남지 않아 이한열이 외문무공이

비치된 서가에서 벗어나지 않고 외문무공들만 중점적으로 살펴보고 있을 때였다.

등 뒤에서 영롱한 음성이 울렸다.

"누군데 외문무공의 책들을 살피느냐?"

이한열이 등을 돌려 보니 뛰어난 미색의 여인이 보였다. 무복을 걸친 십 대 후반 여인의 모습은 무척 자극적이었다. 수련이라도 하고 온 것인지 땀에 젖은 무복이 몸에 착 달라붙어 있었다.

여체의 굴곡이 고스란히 드러났다.

가녀린 허리에 풍만한 가슴이 아찔하면서 뇌쇄적이었다. 옷을 입고 있는 것보다 더욱 색정적인 분위기를 풍겼다.

이한열은 여인의 자태에 눈길을 오래 둘 수가 없었다.

"주자소의 부정자 이한열이라고 합니다. 개인적으로 외문무공을 수련하고 있기에 지금 무서들을 살펴보고 있었습니다."

이한열이 고개를 조아리며 말했다.

처음 보는 사람에게 반말을 척척 내뱉는 희고 고운 얼굴의 여인에게서는 높은 신분을 지닌 사람의 위엄이 흘렀다.

"흐응! 주자소에서 복무한다고? 익하고 있는 외문무공은?"

암고양이처럼 가르릉거리는 그녀의 검은 눈동자에 이채가

어렸다.

"횡가철문전과 철사장, 그리고 연금종주입니다."

대답하는 이한열에게 한마디로 촉이 왔다.

'이 여인이 주자소에 무공서를 제작하도록 명령했다.'

이한열은 다른 경로를 통해 익힌 무공들에 대해서는 입도 벙긋하지 않았다. 눈앞의 여인이 외문무공에 큰 관심을 가지고 있다는 걸 직감적으로 깨달았다.

슥!

그녀가 탄탄한 체격의 이한열을 위아래로 훑었다.

"진사가 외문무공을 익혔다고? 무인들도 잘 익히지 않는 외문무공을 학사가 수련하고 있다니 참으로 재미있어."

여인, 주수선이 이한열에게 가까이 다가섰다.

그녀의 땀 냄새에 섞인 사향 냄새가 이한열의 코끝을 간질였다. 참으로 기분을 황홀하게 만들어 주는 여인의 향기였다.

품에 안기듯이 가깝게 다가선 주수선을 보면서도 이한열은 침착함을 잃지 않았다.

"황공하옵니다."

"호오! 내가 누군지 알겠느냐?"

"주수선 군주 마마이옵니다."

이한열이 확신에 찬 음성으로 말했다.

고귀한 핏줄을 타고난 주수선은 숙창 황후의 딸로, 황태자의 누이동생이다. 천방지축 말괄량이이지만 황제의 총애를 한몸에 받고 있었다.

"흐응! 한 번에 알아맞히다니 재미가 없네."

자신을 알아보는 이한열을 보면서 그녀가 눈을 깜빡거렸다. 그 모습이 무척이나 귀여웠다. 하지만 그런 사실을 함부로 입 밖에 내뱉었다가는 크게 경을 칠 수도 있었다.

"송구하옵니다."

심기를 거슬렀다는 생각에 이한열이 더욱 고개를 숙였다. 주수선의 가벼운 한마디면 그의 목이 날아갈 수도 있었다.

금군 위사들이 그녀의 가벼운 행동으로 인해 한순간에 쫓겨났다. 주수선 앞에서 이한열은 무척이나 왜소한 존재였다.

"재미난 놀이를 해보자. 이제부터 너는 황궁무고에 난입한 침입자야."

"네? 저는 허락을 받고 들어왔습니다. 군주 마마의 심기를 불쾌하게 했다면 너그러운 마음으로 용서해 주십시오."

"놀이는 시작됐어."

주수선의 앙증맞은 붉은 입술에서 짓궂은 음성이 튀어나왔다.

파앗!

그녀의 우수가 번개처럼 움직였다.

"헉!"

이한열이 기겁하면서 반응하려고 했지만 이미 그녀의 우수가 가슴을 강타한 뒤였다.

빠악!

둔탁한 소리와 함께 이한열의 몸이 요란하게 흔들렸다. 가격당한 가슴에서 불쾌한 통증이 발생했다.

"선처를 부탁드립니다."

이한열은 자신이 맞을 만큼 잘못했다고 느끼지 않았지만 알아서 기었다.

"침입자면 도망을 치든지 반항을 해야지. 무턱대고 맞지 말고 대응해."

벽혈장을 끌어 올려 푸르게 물든 주수선의 좌수가 번뜩였다. 황궁 십대 장법 가운데 하나인 벽혈장의 위력은 무시무시했다.

휘이익!

이한열의 가슴을 향해 또다시 벽혈장이 날아들었다.

제대로 맞으면 성치 못할 거란 사실을 직감한 이한열이 안간힘을 다해 몸을 비틀어 벽혈장에서 벗어났다.

스팟!

벽혈장이 옆구리를 살짝 스쳤다.

"크헉! 헉!"

신음을 내뱉은 이한열이 나뒹굴었다.

스친 부위의 옷자락이 찢기며 바스러졌고, 옆구리는 시퍼렇게 물들었다. 음공인 벽혈장에 가격당하면 벽혈이 생겨난다.

기분 나쁜 추위에 몸을 떤 이한열이 황급히 주수선에게서 멀어지며 추후의 공격에 대비했다.

"히히힛! 벽혈로 푸르게 물들었구나. 푸르뎅뎅한 모습이 참으로 보기 좋아."

순결하면서 아름다운 주수선의 입에서 골 때리는 말이 흘러나왔다. 가만히 입 다물고 있으면 아름답지만 실상은 천방지축인 성격이었다.

휙!

가볍게 땅을 박찬 그녀가 이한열을 향해 달려들었다.

"쉬익! 쉭! 이건 결코 입에서 나는 소리가 아니야. 내가 출수하면서 생긴 환상적인 효과음이다."

직접 입으로 소리를 내면서 벽혈장을 내뻗는 주수선을 보며 이한열은 황당한 표정을 지었다. 귓가에 선명하게 들려오는 소리가 익숙하지 않았다. 그러나 가만히 있다가는 온몸이 퍼렇게 변할 것이다.

우우웅! 우우웅!

이한열이 온몸에 힘을 주었다.

근육과 뼈에 머물러 있는 기운들이 솟구쳤고, 세맥의 기운들도 튀어나왔다.

이한열은 숨을 쉬면서 자연스럽게 태동한 기운들을 생생하게 느꼈다.

스읏!

이한열이 철사장을 내뻗었다.

콰앙!

폭음이 일어났다.

요란한 소리와 함께 철사장을 끌어 올린 오른손이 움찔거렸지만 충분히 버틸 만했다. 오른손의 피부가 푸르스름하게 변했지만 옆구리에 비해 무척이나 희미했다.

벽혈장의 힘을 철사장이 약화시킨 것이다.

"호호호! 손맛이 끝내주네."

기대를 저버리지 않는 이한열을 보면서 청순한 표정을 지은 그녀가 짤랑짤랑한 웃음을 터트리며 양손을 한껏 펼쳤다.

"쉬이익! 쉭! 이번의 벽혈장은 아까의 벽혈장이 아닐 것이다."

휘익! 휙!

좌수가 위에서 아래로 벼락처럼 내리꽂혔고, 우수가 허리부분을 노렸다. 가공할 만한 힘이 실린 쌍수 벽혈장에 가격당하면 치명적이었다.

사정없이 날아드는 벽혈장을 향해 이한열도 대응했다. 세

가지 외문무공을 최고로 운용하고 있는 이한열의 피부가 단단해지고, 뼈는 튼튼해지고, 근육에 탄력이 넘쳤다.

벽혈장과 부딪치려는 순간 이한열이 살짝 위로 뛰어올랐다. 그러면서 쇄도하는 벽혈장의 중심에 사정없이 철사장을 박아 넣었다.

콰앙! 쾅!

엄청난 폭음이 터졌다.

경력이 사방으로 마구 퍼져 나가는 가운데 이한열의 양쪽 손이 퍼렇게 물들었다. 벽혈로 조금 푸르게 물들기는 했지만 여전히 붉은 혈색을 띠고 있었다.

우우우웅! 우우우웅!

이한열의 몸에서 진체명이 울렸다.

뼈와 근육, 피부에서 힘이 샘솟으며 푸른 벽혈이 점점 희미해져 가더니 평상시의 평범한 피부색을 되찾았다.

"퍼덕거리는 손맛이 환상적이야. 역시 때리는 데는 외문무공을 익힌 사람이 최고네."

주수선이 속내를 드러냈다.

육체의 완성을 꿈꾸는 외문무공 서적을 잔뜩 만든 이유는 바로 손맛에 있었다. 일반 사람에 비해 탄력적인 육체의 타격은 무척이나 찰진 맛이 넘친다.

주수선은 황궁에 있던 외문무공 고수와 대결한 적이 있었다. 그리고 그때 경험했던 훌륭한 손맛 때문에 커다란 흥미를 가졌다.

하지만 그런 외문무공 고수도 그녀가 본격적으로 벽혈장을 끌어 올리자 버티지 못했다.

황궁에 높은 공력을 지닌 고수들은 많지만 외문무공으로 뛰어난 자는 많지 않았다.

그녀는 환상적인 손맛을 느끼기 위해 직접 무인을 양성하려고 했다. 주자소에서 만든 무공 서적들을 사람들에게 뿌렸다. 호위하던 무인들에게도 줬고, 처소의 시녀들에게도 줘서 강제로 익히도록 만들었다.

하지만 그 결과는 실패였다.

어느 누구도 그녀가 원하던 경지까지 이르지 못했다.

익혔던 사람들은 경지가 낮아서 무사했을까?

아니다.

제대로 익히지 못했기에 그녀의 손 아래에서 뼈가 부러지고 살이 찢겼다. 잔인한 손속에 의해 황실을 떠나간 자들이 부지기수였다.

"호호호! 벽혈장을 연속으로 받아 내고도 멀쩡한 피부를 가지고 있다니 훌륭해."

"대체 왜 이러시는 겁니까?"

이한열이 물었다.

"놀이라니까."

그녀가 사악할 정도로 천진난만한 웃음을 지었다. 오랜만에 마음에 쏙 드는 상대를 만난 듯했다.

'이건 완전히 성격파탄자구나.'

황족인 주수선을 함부로 공격할 순 없기에 이한열은 잔뜩 긴장한 채 뒷걸음질을 쳤다. 그러면서도 주수선에게서 눈을 떼지 않았다.

주수선은 맛있는 먹잇감인 이한열을 끈적끈적한 시선으로 굽어보고 있었다.

"파란 물이 안 들어! 이번에는 적염장을 사용해야겠어."

적염장은 황궁 십대 장법 가운데 하나로 양강지공이다.

본래 음양지기를 한몸에 받아들이기도 어렵지만 음공과 양공을 함께 높은 수준으로 수련하기란 불가능에 가까웠다.

그런데 주수선은 그런 수준에 올랐다.

황궁무고에 비치된 무서와 고명한 실력을 지닌 무공 교두들, 그리고 엄청난 영약이 불가능에 가까운 일을 가능하게 만들었다.

콰우우! 콰우우!

화끈한 뜨거움이 넘실거리는 적염장의 불길이 이한열을 덮쳤다. 불길이 다가서기도 전부터 이미 뜨거움이 이한열에게 쇄도했다.

"크!"

이한열이 신음을 토했다.

가격당한 어깨의 살 속으로 뜨거운 화기가 깊이 박혀 들어왔다.

"호호호! 빨갛게 물들었구나."

주수선이 손뼉까지 쳐가며 좋아했다.

이한열은 그녀에게서 벗어날 길이 없다는 걸 인지했다. 황족인 그녀가 놀자고 하면 필연적으로 따라야 했다. 두들겨 맞는 놀이라고 해도 말이다.

어깨가 지독한 화기에 의해 벌겋게 익어 갔다. 치명적인 적염장에 더 노출되면 노릇노릇하게 익을 수도 있었다.

일방적으로 당하는 와중에도 그의 머리는 팽팽 돌아가기 시작했다.

'일단은 맞아야겠지.'

이한열은 주수선의 공격에 괴로워하면서도 각오를 다졌다. 황족인 주수선이 원하고 있기에 묵묵히 고기 방패의 신세로 전락해야만 했다.

'어떻게 보면 기회이다.'

이한열은 구타의 순간을 기회로 삼았다.

뜨겁고 차갑게 맞으면서 황족인 주수선과 인연을 맺었다. 황궁의 벼슬아치에게 황족과의 인연은 무척이나 큰 힘이 되는 것이었다.

“차가운 맛이 좋아? 아니면 뜨거운 맛을 선호해? 우선 둘 다 맞아 봐.”

주수선이 싱긋 웃으며 손을 앙증맞게 말아 쥐었다.

화르르! 화르르!

적염장을 일으킨 우수가 열기를 잔뜩 뿜어냈다.

휘이이! 휘이이잉!

벽혈장을 끌어 올린 좌수에서 지독한 냉기가 감돌았다.

그녀가 좌수와 우수를 동시에 쭉 뽑아내어 날렸다.

이질적인 적염장과 벽혈장이 동시에 휘몰아쳤다.

‘둘 다 싫어.’

벌써 경험했던 이한열이 속으로 울부짖었다.

몸이 차가워지고 뜨거워지는 고통은 다리가 후들거리게 만들 정도였다. 다시금 경험하고 싶지 않았다. 벽혈장과 적염장에 적중당하게 되면 고통 때문에 이성을 유지하기가 쉽지 않았다.

이한열이 철사장을 운용한 두 손을 휘둘렀다.

그렇게 공격을 몇 차례 막아 냈지만 현묘하게 움직이는 가녀린 손놀림에 결국 어깨를 가격당했다.

퍼억! 퍽!

요란한 소리와 함께 좌반신에 차가운 냉기가 휘몰아쳤고,

우반신에 뜨거운 열기가 들이닥쳤다.

"크으윽!"

이질적인 고통이 해일처럼 밀려왔지만 이한열은 악착같이 버텼다.

퍽! 퍽!

파팍! 팍!

주수선의 손이 이한열의 몸에 연신 틀어박혔다. 사정없이 때리고 또 때렸다. 그녀는 손에 가득 전해져 오는 찰진 감촉에 푹 빠져들었다.

"아주 착착 감기네."

그녀가 상쾌한 표정을 지었다.

콰당! 쿵!

이한열은 연신 바닥을 굴렀다. 넘어진 후에도 지체하지 않고 발딱 일어나서 그녀를 상대했다.

또다시 퍽, 소리와 함께 이한열이 바닥에 내동댕이쳐졌다. 엄청난 충격과 함께 여러 곳의 상처에서 붉은 피가 흘러내렸다. 이미 피부와 근육이 잔뜩 상했고, 뼈에도 금이 간 곳이 생겨났다.

빠각!

뼈 부러지는 소리와 함께 이한열이 바닥을 뒹굴었다.

머리카락이 산발하고 옷이 찢어져서 걸레가 된 상태였다.

왼팔을 축 늘어뜨린 이한열이 비틀거리면서도 다시금 일어났다.

뼈가 부러진 팔에 힘이 들어가지 않았고, 찢어진 곳에서 연신 피가 흘러나왔다. 지독한 고통을 겪은 몸에 경련이 일어났다.

"손맛은 좋아! 하지만 아직 약해."

주수선이 움직임을 멈췄다.

금방이라도 쓰러질 것처럼 휘청거리는 이한열의 부상이 심각해 보였다.

"아직 저는 약합니다. 하지만 시간과 기회를 주시면 더 강해질 수 있습니다."

이한열이 작지만 단호한 음성으로 말했다.

"강해지면 손맛이 더 좋아지겠지."

주수선은 궁극적으로 인간의 한계를 초월한 육체를 원했다. 때문에 쓰러져도 계속 덤비는 이한열에게 기회를 제공하기로 했다.

"육체가 강해질 수 있는 수단을 줄게."

주수선이 말했다.

'됐어!'

이한열은 속으로 환호했다.

고통스러운 여정을 꿋꿋하게 버틴 건 주수선의 호감을 이끌어 내기 위해서였다. 때리는 걸 선호하는 주수선이라면 그가 강해지는 데 주저하지 않고 베풀 것이라 예상했다.

"감사합니다."

이한열이 고개를 조아렸다.

"외문무공을 익히는 방법은 무척이나 극악하지."

"그렇습니다."

"한계를 뛰어넘기 위해 연약한 육체를 찢고 부수고 박살내지."

"맞습니다."

"외문무공 수련을 그렇게 무식하게만 해야 할까?"

"다른 방법이 있다는 말씀입니까?"

"있어."

주수선이 고개를 끄덕였다.

"참으로 고명하십니다. 부디 저에게 힘과 지혜를 빌려 주십시오."

이한열이 주수선을 치켜세웠다.

그는 외문무공을 수련하면서 무식하게 몸을 다뤘다. 다른 방법이 없었기 때문이다. 공부에 왕도가 없는 것처럼 외문무공을 잘하기 위해서는 몸뚱이를 굴려야만 했다.

"저주라고 알지?"

"압니다."

"황실에는 저주의 주술법이 발달되어 있어."

다툼이 끊이지 않는 황궁에는 다른 사람을 죽이려고 하는 자들이 상당하다. 남을 밟고 쓰러뜨려야만 위로 올라갈 수 있는 체계 때문이다.

고대로부터 황실에서는 은밀하게 상대를 죽이는 법이 발달됐다.

그 가운데 하나가 바로 저주 술법이다.

머리카락과 손톱을 집어넣은 인형을 매개체로 하여 상대를 죽이는 방법이 대표적이었다.

"저주의 주술법에 당하면 시름시름 앓게 되지. 심할 경우 목숨을 잃기도 해. 저주의 주술법을 이용해 강제로 몸을 황폐화시키면 어떻게 될 것 같아? 저주를 이겨 내면 몸이 더욱 건강해져."

이한열은 주수선의 말에 당황했다. 너무나도 극단적인 방법이었다.

강해지기 위해 저주에 당하다니?

제정신으로 행하기에는 무리가 있었다.

"저주라면 부작용은 없습니까?"

"자질구레한 점들이 있지만 크게 문제 될 건 없어. 사소한 문제 중 하나이기는 한데, 고자가 된다는 점이지. 물론 저주를 이겨 내면 더욱 튼튼한 물건을 가질 수 있어."

그녀는 낯부끄러운 말도 아무 거리낌 없이 툭툭 내뱉었다.

“컥!”

이한열은 당황했다.

북경에 와서 즐기는 유희 가운데 하나가 바로 밤 문화였다. 꽃처럼 아름다운 여인들과 보내는 화끈한 밤은 황홀했다. 그런데 아름다운 여인들을 접할 수 있는 즐거움이 이제 강제로 사라질 수도 있었다.

‘거시기도 강화된다니까 차후에는 더욱 창대해지겠지.’

이한열은 눈물을 머금고 미래를 기약했다.

“손맛이 탁월한 그대에게 특별히 좋은 저주받은 물건을 건네줄게.”

주수선이 야릇하게 웃으면서 가녀린 섬섬옥수를 앞으로 내밀었다.

스으윽!

그녀의 장심에 검은빛이 맴돌았다.

번뜩거리는 검은빛 속에서 칙칙한 기운이 튀어나오는가 싶더니 뼈를 이뤘다. 검은 기운이 넘실거리는 뼈에서 불길하면서도 요망한 기운이 줄줄 흘렀다.

“참으로 불길해 보이는 뼈다귀군요.”

“이건 영혼까지 원념으로 물든 사람의 뼈를 가지고 만든 예술적인 저주 물품 천인혈골이야. 몸에 집어넣을 수 있는 물건은 많지 않아. 갑골문자를 쓰던 시기에 만들어진 물건인데, 상당히 많은 저주들이 걸려 있어. 가지고만 있어도 몸이 팍팍 황폐해지는 걸 느낄 수 있지. 추측하건대 천인혈골에 의해 죽은 사람의 수가 천 명은 가뿐하게 넘어설걸?"

"그런 흉악한 물건을 대체 왜 몸에 받아들이신 겁니까?"

"당연히 강해지기 위해서지."

주수선이 크크크 웃으며 대답했다.

천인혈골을 드러낸 채 웃는 그녀의 모습은 참으로 사이했다.

황족인 그녀도 나름 고충이 많았다.

때리는 걸 좋아하는 그녀는 보다 강해지고 싶었다. 강해질수록 때릴 때의 감촉이 끝내줬기 때문이다. 그렇지만 여자라는 이유로 강해지는 것이 제한됐다. 공주인 그녀는 무인들과 격렬하게 치고받고 싸우지 못했다.

주수선은 강해질 수 있는 방법을 찾기 위해 노력하였다. 그리고 그 방법 가운데 하나가 바로 천인혈골이었다.

"천인혈골을 지니고 있으면 몸이 점점 죽어 가는데 상당히 재미있어. 눈이 침침해지고, 사지가 마비되고, 피부가 누렇게 떠! 죽을병에 걸린 것처럼 병자가 되는 셈이지."

"그러다 진짜 죽으면 어쩌려고 그러십니까?"

"천인혈골이 무서운 물건이기는 하지만 저주를 어느 정도

조절할 수 있어. 잘 사용하면 큰 도움이 되는 아주 좋은 물건이야."

주수선이 야릇하게 말했다.

그녀는 황실보고에서 천인혈골을 찾아냈다. 하지만 관련 자료들이 많지 않았기에 시녀들을 상대로 천인혈골의 효능을 알아내야 했다.

여러 실험을 통해 천인혈골의 저주술을 조절할 수 있게 되었지만 정교하게는 되지 않았다.

천인혈골에는 그녀가 모르는 저주술이 아직 많이 남아 있었다.

"독도 활용하기에 따라 약이 되는 법이지요."

사람을 괴롭히는 데 탁월한 성격파탄녀와 미친 듯이 위로 올라서려는 집착남 사이에는 통하는 부분이 있었다.

"역시 통할 줄 알았어. 손 내밀어 봐."

주수선이 이야기했다.

천인혈골이 악독하면서 좋은 저주 물품이긴 하지만 주수선에게는 이제 더 필요하지 않았다. 수많은 영약을 먹고 강해진 그녀에게 천인혈골의 저주는 더 이상 힘을 쓰지 못했다.

그녀는 저주를 강한 힘으로 찍어 눌렀다.

"예, 군주 마마."

이한열이 공손하게 부러지지 않은 오른손을 내밀었다.

"처음이니까 근골 약화와 진기 고갈, 시력 약화, 식욕 감퇴, 착시 현상을 중첩하여 걸어 줄게."

섬뜩한 저주를 내리면서 마치 좋은 선물을 준다는 식으로 말하는 주수선이었다. 참으로 살 떨리는 일이었지만 이한열도 기꺼이 받아들였다.

천인혈골은 이한열에게 있어 참으로 훌륭한 보조제였다.

어떻게 보면 신병을 얻은 셈이다.

신병이 원래는 마병이기에 주인을 죽일 수도 있다는 점이 문제였지만…….

스르르! 스르르!

천인혈골이 이한열의 장심을 뚫고 스며들기 시작했다. 흐물흐물 녹아서 들어가는 천인혈골이 시릴 듯 차가웠다.

이한열은 숨을 쉬기 거북할 정도로 불쾌한 느낌을 받았다. 그러는 와중에 천인혈골이 장심을 뚫고 계속 들어왔다.

스르륵! 스르륵!

천인혈골이 사라졌다.

몸 안으로 들어온 천인혈골이 피를 타고 흘렀다.

천인혈골은 피와 살을 흡수하여 저주를 펼친다. 재수 없으면 천인혈골에게 모든 걸 빼앗기고 피골이 상접한 채로 죽게 된다.

하지만 이 저주를 이겨 내면 이한열은 더 강한 힘과 육체를 가질 수 있었다.

카아아아! 카아아아!

이한열의 몸속에서 요란한 소리가 울렸다.

천인혈골에서 소리가 발생하였다.

귀곡성을 토하는 천인혈골이 기이하면서 활발하게 움직였고, 육체들이 그에 맞춰 아우성쳤다. 기혈이 원활해지면서 심장이 강하게 뛰었고, 망가졌던 육체에도 서서히 힘이 되돌아왔다.

투투툭! 투투툭!

끊어지고 찢겼던 근육들이 다시금 재생됐다. 피를 흘리고 있던 피부에 새살이 돋아나는가 싶더니 이내 매끈해졌다. 부러졌던 왼팔의 뼈도 순식간에 다시금 붙었다.

천인혈골에서 새어 나오는 귀곡성이 이한열의 온몸으로 퍼졌다.

"어라? 몸의 상처가 금방 치유되네. 왜 이런 일이 생긴 거지?"

주수선이 눈을 동그랗게 치켜뜨고 이한열을 살폈다.

고개를 갸우뚱하는 그녀의 눈초리에는 예상대로 이뤄지지 않은 현상에 대한 의구심이 가득 넘쳤다.

"잘 모르겠습니다."

이상하게 흥분을 느낀 이한열이 차분하게 마음을 가라앉

히려고 노력하며 말했다.

사실 천인혈골은 배교에 뿌리를 두고 있는 물건이었다. 그렇기에 배교의 주술이 녹아 있는 외가비망을 익힌 이한열에게 반응한 것이다.

"뭐가 뭔지 모르겠지만 때리다 보면 알게 되겠지. 이제 이 차전 시작이야."

주수선이 시원하게 결론을 내렸다.

뚜두둑! 뚜두둑!

손가락을 꺾으며 그녀가 이한열에게 다가섰다.

"제가 황궁무고를 나가야 할 시간이 되었습니다. 다음에 하면……."

이한열이 작게 말하면서 물러나려고 했다. 하지만 그런 말은 씨알도 먹히지 않았다.

휘이익!

그녀의 손이 다시금 무자비하게 허공을 질주했다.

"칫!"

이한열이 대응하기 위해 민첩하게 움직였다.

그렇게 손맛을 느끼기 위해 때리려는 주수선과 외문무공을 익힌 이한열이 함께 어우러졌다.

第七章
의술

저벅저벅!

이한열이 걸었다.

그의 옆에서 관복을 입은 신승우가 함께 걸음을 옮겼다.

길을 걷고 있는 낡고 꾀죄죄한 차림의 사람들이 관복 차림의 신승우를 힐끔거리며 쳐다보았다. 장엄하게 치장된 관복이 반짝반짝 빛나고 있었다.

화려한 관복을 걸치고 있는 신승우의 앞길을 막는 사람은 아무도 없었다.

"정말로 배울 생각인가?"

신승우가 이한열을 힐끔 쳐다보며 물었다.

미끄러지듯 길을 걷고 있는 이한열의 발걸음은 무척이나 경쾌했다. 그의 눈빛에는 힘이 넘치고 있었고, 총기가 흘렀다.

"배울 필요가 있다네."

"의술을 배운다니…… 이해가 가지 않는군."

신승우가 미간을 찌푸리며 말했다.

갑작스럽게 의술을 배우려고 하는 이한열이 그는 마뜩지 않았다. 그렇지 않아도 해야 할 일이 많은 사람이 왜 의술을 배운단 말인가?

"다 필요해서 배우려고 하는 것이네. 의술을 배워야 인체에 대해 자세하게 알 수 있네. 인체를 알아야 무공에 대해 보다 상세하게 이해할 수 있고."

이한열이 설명했다.

그는 무공을 하나의 학문으로 생각했다. 그리고 과거에 공부했던 방식을 그대로 적용하고 있었다.

공부에 왕도는 없다.

특히 과거 공부가 그랬다.

전시에 급제하기 위해서는 요행을 바랄 수 없었다.

어쩌다 아는 문제가 나올 수도 있지만 그런 경우는 극히 드물었다.

게다가 문제는 하나가 아니었다.

수많은 문제들이 출제된다.

그리고 문제를 풀기 위해 며칠 낮과 밤을 과거장에서 보내야만 했다.

"무공은 결국 인체가 움직이는 것이네. 그리고 인체 내부에서 기가 소통하며 힘을 발휘하지. 이런 체계를 이해하고 알기 위해서는 의술을 배워야만 해. 알겠나?"

이한열이 말했다.

반짝!

그의 눈동자가 초롱초롱 빛났다.

외문무공을 배우면서 그는 무공의 깊이에 대해 감탄했다.

무공에는 논어처럼 깊은 가르침이 녹아들어 있었다.

"하아! 사람도……. 외문무공을 익히는 건 좋아. 하지만 그렇다고 의술까지 익힐 필요가 있는가?"

신승우가 여전히 미간을 찌푸렸다.

비록 한 팔을 거들고 있지만 그는 광적으로 빠져들려고 하는 이한열의 행태가 마음에 들지 않았다.

신승우가 생각할 때 의술과 외문무공은 하나로 연결이 되지 않았다.

"염려하지 말고 가세. 설마하니 내가 잘못된 길로 가려고 하겠는가?"

이한열이 웃었다.

"음!"

"모르고 걷는 길과 알고 가는 길! 어느 쪽이 빨리 가겠는가?"

"당연히 알고 가는 길이지."

"맞네. 나는 알고자 의술을 배우려고 하는 것이라네."

대화를 나누던 그들은 어느새 제중원에 당도했다.

북경 서쪽의 하층민 거리에 세워져 있는 공모 제중원이었다.

"그런데 왜 하필 제중원인가? 어의원에서 배울 수도 있지 않은가? 어의원에서 일하는 의원들이 실력도 훨씬 좋다네. 어의원이 힘들다면 태의원도 나쁘지 않지."

신승우가 물었다.

이왕에 배우려고 하는 의술이라면 대륙에서 최고의 실력을 가진 어의원이 좋았다.

어의원은 황족과 왕족들을 치료하는 어의들이 있는 곳이고, 태의원은 고관대작과 관리들을 위한 의원들이 모인 곳이다.

그에 반해 제중원은 가장 밑바닥인 하층민들을 위한 곳으로, 제중원에서 일하는 의원들의 실력은 무척이나 낮은 편이었다.

제중원!

제중원은 전염병 예방 업무를 주로 취급하는 위생국 산하에 있는 의료 기관이다. 그 이름처럼 백성들을 어려움에서 구해 주기 위해 설립됐다.

제중원의 설립 취지는 백성들을 위해서다.

하지만 그 실상은 달랐다.

명 초기, 북경에 전염병이 크게 돈 적이 있었다.

하층민들이 주로 사는 거리에서 시작된 전염병은 점점 더 크게 번져 중산층과 상류층의 거처까지 무차별적으로 확산됐고, 그로 인해 적지 않은 사람들이 죽어 나갔다.

전염병은 사람의 지위 고하를 가리지 않았다.

북경에 돈 전염병으로 인해 고위 관리들도 죽었고, 심지어 황실의 사람들까지 고생했다.

그로 인해 북경에는 하층민들의 거리에 제중원이 만들어졌다.

제중원이 설립되고 난 뒤엔 확실히 전염병이 줄어들었다. 하층민들에게 제중원은 한 줄기 빛과도 같은 공간이었다.

"제중원이기에 온 것이네. 하층민들을 위한 제중원이니 오히려 내가 편하게 배우고 시술할 수 있지. 고관대작과 황족을 상대로 내가 감히 의술을 펼칠 수 있겠는가?"

이한열이 반문했다.

"음!"

신승우가 침음을 흘렸다.

황족과 고관대작들을 상대로 의술을 펼칠 수 있는 의원들의 숫자는 많지 않았고, 그들은 하나같이 뛰어난 실력을 가진 의원들이었다.

"아무것도 모르는 내가 어의원과 태의원에서 의술을 배운다는 건 어리석은 이야기지. 그곳은 한 번 잘못하면 끝장이야. 황족과 고관대작들은 인내심이 많지 않으니까."

이한열이 말했다.

"약간의 실수만 해도 끔찍하군."

신승우가 몸을 부르르 떨었다.

관리직 생활을 하면서 황족과 고관대작들이 얼마나 권위적인지 온몸으로 느꼈다. 그런 자들에게 실수를 하면 목 위의 머리가 온전치 못하게 된다.

"그렇지. 그래서 하층민들이 오는 제중원이 적격이라네."

잠시 말을 멈췄던 이한열이 다시금 입을 열었다.

"의원은 신이 아니야. 치료에 있어 실수와 오진을 할 수밖에 없지."

이한열이 담담하게 말했다.

그는 차후에 저지를 실수에 대해 이야기하고 있었다.

그는 뛰어난 머리를 지녔지만 전지전능하지는 않았다. 그렇기에 과거를 보면서 몇 차례 낙방까지 했다.

그는 의술을 배우면서도 많은 과오를 저지를 수밖에 없었다. 그러한 사태에서도 살아남기 위해서는 과오를 저질러도 괜찮은 곳에서 의술을 배워야만 했다.

"그렇군. 자네의 말이 옳아. 실수를 하면 꿈이 깨지는 걸로 끝나지 않고 파멸에 이를 수밖에 없어."

끄덕!

신승우가 고개를 끄덕였다.

이제 막 의술을 배우려고 하는 이한열에게 있어서는 제중원이 적격이었다.

'차가운 남자야.'

신승우가 이한열을 보면서 속으로 중얼거렸다.

그는 동기인 이한열을 신뢰하는 편이었다.

그것은 이한열의 성격이 겉으로 볼 땐 온화해 보이지만 실상은 차갑다는 사실을 은연중에 느끼고 있기 때문이었다.

'차가운 남자는 계산적인 법이야.'

차갑고 계산적인 남자는 둘러싸인 악조건 속에서 좋은 방향으로 나아가려고 노력한다.

'그것뿐만이 아니지. 그는 보면 볼수록 믿음직해. 신념을 가지고 있기 때문에 빛이 나는 거다.'

신승우는 무소의 뿔처럼 앞을 향해 나아가는 이한열을 존중했다. 그리고 이한열이 신념으로 걸어가는 길 위에 함께하고 있었다.

'이한열의 성공이 바로 나의 성공으로 이어진다.'

이것이 신승우가 이한열을 돕고 있는 이유였다.

관계에서 성공하기 위해서는 때로 비정한 일도 저지를 줄 알아야 한다. 그런 점에서 볼 때 이한열의 성공 가능성은 낮지 않았다.

"하층민들을 상대로는 실수를 해도 괜찮겠지. 그런데 그런 생각을 가졌다는 사실에 죄의식은 없는가?"

확인 차원에서 신승우가 물었다.

"미안한 감정은 있지. 하지만 처음부터 잘하는 사람이 어디에 있는가? 배워서 익숙해지면 결국 하층민들을 위해서 의술을 펼칠 수 있을 거네. 그때가 되면 하층민들도 결국 나에게 감사하게 될 테지."

이한열이 담담하면서도 솔직하게 말했다.

"자신감이 넘치는군."

"진사 출신이잖은가."

이한열이 말했다.

그의 말에는 강한 힘이 넘쳤다.

진사의 자리에 오를 수 있는 사람은 대륙에서 많지 않았다.

대륙의 수많은 학사들이 전시에 합격하기 위해 노력한다.

하지만 학사들 가운데 뛰어난 소수의 사람들만이 진사가 될 수 있었다.

이한열은 뛰어난 학사였다.

그런 그가 의학을 배우면 빠른 시간 내에 성취를 이룰 수 있을 것이다.

저벅저벅!

저벅저벅!

신승우가 이한열을 데리고 공모 제중원의 원장이 있는 곳으로 가서 인사를 시켰다.

"어서 오십시오. 공모 제중원까지 잘 오셨습니다."

안재우가 웃는 낯으로 자리에서 일어나 그들을 반겼다.

"그간 잘 지내셨소?"

신승우가 편안하게 이야기했다.

"덕분에 잘 지냈습니다."

안재우가 말하면서 조심스럽게 신승우를 살폈다.

신승우는 제중원의 일부를 담당하고 있었고, 그런 제중원에 필요한 약재를 보내는 권한을 지녔다.

신승우가 관리하고 있는 공모 제중원장 안재우는 당연히 신승우의 눈치를 살필 수밖에 없었다.

'더럽다고 이곳까지 오는 걸 싫어하던 사람인데 대체 무슨 일일까?'

안재우는 속으로 고민했다. 깔끔한 걸 좋아하는 신승우는 하층민들이 득시글거리는 제중원에 오기를 무척이나 꺼렸다.

“여기에 있는 진사 동기인 부정자가 의술을 배우겠다고 해서 함께 찾아왔소. 부정자에게 의술을 가르쳐 주시오.”

“의술을 배운다고요?”

안재우가 어색한 표정을 지으며 뇌까렸다.

진사 출신의 부정자 관리가 의술을 배우러 왔다고 하자 어이없는 웃음이 저절로 그의 입가에 피어났다.

아무리 의술이 제대로 인정받지 못하고 천대받고 있다지만 사람의 생명을 다루는 분야이다. 수천 년의 역사를 가지고 있는 의술의 깊이는 실로 깊었다.

‘장난하나?’

안재우는 화가 났다. 하지만 곧바로 속내를 드러낼 순 없었다. 신승우는 공모 제중원의 목줄을 움켜쥐고 있는 관리였다.

‘그렇지 않아도 약재가 부족한데 눈 밖에 나면 좋을 게 없지.’

안재우는 분노를 다스리려고 노력했다.

제중원에 찾아오는 환자들은 많았고, 약재는 언제나 부족했다. 넉넉하게 약재가 보급되는 경우는 단 한 번도 없었다.

“피를 보고, 고름을 짜내는 등의 힘든 일을 경험할 수도 있습니다. 괜찮겠습니까?"

"할 수 있습니다."

자신을 바라보고 있는 안재우를 보면서 이한열이 대답했다.

"직접 병실의 환자들을 보면서 이야기하지요."

안재우가 앞장서서 걷기 시작했다.

저벅저벅!

발소리가 복도에 울렸다.

병실 안에는 꽤 많은 환자들이 병상에 누워 치료를 받고 있었는데, 꾀죄죄한 옷차림의 환자들 몸에서는 고약한 냄새가 나고 있었다. 심지어 붉은 피를 머금고 있는 붕대를 차고 있는 환자도 보였다.

*　　　*　　　*

산록의 녹음은 풍성하고 아름다웠다. 정오의 따가운 볕으로 약이 오른 솔잎들은 투명한 감청색으로 일렁였다.

산마다 흘러내리는 푸른 물결은 대지 위에 철철 넘쳐서 강으로 흘러들어 가 물빛을 한결 푸르게 했다.

다각다각!

금방이라도 쓰러질 것 같은 늙고 비루한 노새 위에 중년인이 앉아 있었다. 오 년 동안 그와 함께 동고동락을 해온 노새는 이제 낮은 언덕만 만나도 힘에 부쳐 낑낑거렸다.

중년인은 약초를 전문적으로 소량씩 취급하는 상인이었다. 가진 돈이 별로 없었기에 약초를 대량으로 거래할 수 없었다.

"조금만 더 힘을 내거라."

문경한이 다정하게 말하며 노새의 목덜미를 쓰다듬어 줬다.

'아무래도 이번이 마지막이겠구나.'

그는 노새와의 인연이 멀지 않았음을 느꼈다.

왠지 눈물이 날 것만 같았다.

이제 쓸모가 사라져 가는 노새처럼 그 역시 인생의 막장을 향해 내달리고 있었다.

북경을 수십 차례 오가면서 약초를 거래하고 있지만 생각보다 그 이익은 박했다. 대규모로 하면 이득이 남을 테지만 그럴 돈이 없었다.

조금씩 가져다 팔면 생활하기가 참으로 빠듯했다.

그렇지만 이번에는 다행스럽게도 돈이 되는 일이 생겼다.

"은밀하게 사람을 피 말려 죽일 수 있는 독을 구해다 주게. 그리하면 셈을 넉넉하게 치러 주지."

북경 세도가의 한 사람이 은밀하게 밤에 찾아와 부탁했다. 어디에 쓰는지 물어보지 않았지만 그의 부인이 바람났다는 소문이 파다했다.

"그리하지요."

문경한은 그의 부탁을 승낙했다.

어차피 문경한이 하지 않아도 결국에 독을 구할 세도가의 사람이었고, 돈이 생긴다면 문경한은 뭐라도 할 수 있었다.

사람을 이롭게 하는 약초를 거래하던 그에게 독초가 새롭게 추가되었다.

그의 품속에는 세도가의 사람에게 건네줄 독초 오독초가 숨겨져 있었다.

"오독초가 사람을 은밀하게 괴롭히지만 장복해야지만 독성이 발휘된다는 단점이 있어."

문경한은 나지막이 중얼거렸다.

세도가가 요구한 독초를 구하는 것은 쉽지 않았다. 최선을 다해 구한 것이 바로 오독초였다.

만약 세도가의 사람이 오독초가 싫다고 한다면 큰 문제가 발생한다. 오독초를 사기 위해 이미 많은 돈을 썼기 때문이다.

그때였다.

바스락! 바스락!

수풀이 움직이는 소리가 들렸다.

"응?"

수풀 사이로 노란색이 보이자 문경한이 잔뜩 긴장하면서 허리춤의 검에 손을 가져갔다. 제대로 배운 적이 없지만 호신용으로 가지고 다니는 검이었다.

"뭐지?"

그가 경계하는 눈빛으로 바라보았지만 바스락 소리만 요란했다.

만약의 사태를 대비해 조심스럽게 뒤로 물러서려고 할 때, 맑고 낭랑한 목소리가 들려왔다.

싱글벙글 웃어요.
웃으면 복이 온대요.
싱글벙글 웃어요.
웃으면 행복이 온대요.
싱글벙글 웃어요.

노래를 부르는 노란색 신형은 두 발로 서 있었고, 한 손에는 작은 호미를 들고 어깨에는 망태기를 메고 있었다.

"헉! 사람이다."

수풀 사이로 보이던 노란색이 사람이라는 사실을 알아차린 그가 기겁했다.

"놀라셨어요?"

어려 보이는 소년이 밝게 웃으며 말을 건넸다.

소년은 발달된 청각으로 인해 문경한이 노새를 타고 오고 있다는 사실을 알고 있었고, 그가 했던 말도 모두 들었다.

"사람이 어떻게 노란색이……."

"헤헤헤! 제가 특이한 무공을 익히고 있어서 그래요."

"그런가?"

문경한은 선뜻 이해가 가지 않았지만 강호에 워낙 특이한 일이 많다고 들었기에 대충 고개를 끄덕거렸다. 맹수가 아니고 사람인 이상 크게 상관할 일이 아니었다.

팟!

그의 눈이 소년의 입에 가 꽂혔다.

"그건 초오가 아닌가? 빨리 뱉게. 겉으로 볼 땐 나물처럼 맛있어 보이지만 지독한 독이라네."

문경한은 약초를 거래해 오고 있었기에 사약 재료로 쓰이는 초오를 단번에 알아봤다. 노새에서 내린 그가 황급히 달려들어 소년이 잘근잘근 씹고 있는 초오를 낚아채려 했다.

맛있게 먹고 있다 불시에 빼앗길 위기에 처한 소년이 살짝 고개를 돌려 피하며 말했다.

"알고 있어요. 괜찮으니까 걱정하지 마세요."

소년은 초오를 질겅질겅 씹었다.

진한 독액이 입안에 맴돌았다 식도로 넘어 들어가면서 톡 쏘는 감촉이 예술이었다.

"독을 먹어도 괜찮다고?"

문경한은 초오를 먹고도 멀쩡한 소년의 모습이 신기했다.

"독은 저에게 해를 끼치지 않고 오히려 득이 돼요."

"허어! 정말인가?"

"스승님에게 독공을 배웠거든요."

필요한 독초와 독충들의 채집을 위해 산채 밖으로 나온 소년이 말했다.

딱히 숨길 일도 아니었고, 눈앞에서 걱정스럽게 참견을 하는 문경한에 대한 친절이었다.

"스승님이 누구신가?"

"강호에서 활동할 때 잔심독의라고 불리셨어요. 진씨 성에 인 자, 호 자를 쓰세요."

"헉!"

기겁한 그는 순간 노새 위에서 굴러 떨어질 뻔했다.

약초를 거래하는 사람이었기에 의원들에 대해서도 귀동냥을 해온 그였다. 잔심독의가 치료한 환자들은 모두가 극심한

극통을 겪는 것으로 악명이 자자했다. 약이 아니라 독만을 사용해 치료했기에 벌어지는 일이었다.

십여 년 전부터 중원에서 사라졌던 그의 이야기를 여기에서 듣다니 너무나도 놀랄 일이었다.

"잔심독의 님의 제자라고?"

"헤헤헤! 그렇지요."

소년은 음양오행독공과 함께 독을 이용하는 의술을 배우고 있는 중이었다. 음양오행독공은 단순히 독만 먹는다고 진전을 보는 것이 아니라 음양오행의 신비로운 법칙에 대해 정통해야 했다.

"그렇다면 독에 대해서 잘 알겠군."

문경한의 눈이 빛났다.

"모르지는 않지요."

소년이 겸양의 말을 내뱉었지만 독이라면 매일 꾸역꾸역 신물이 넘어올 정도로 먹어 댔기에 잘 알았다. 주식인 쌀보다 독이 든 과일과 독초, 독충들을 더 먹었으니 말이다.

"여보게, 이러지 말고 나랑 저기 나무 그늘 아래에 가서 이야기 좀 하세나."

문경한이 말했다.

"그렇게 하지요."

강렬한 햇빛을 피해 둘은 나란히 나무 그늘 아래로 갔다.

"나는 북경의 약방을 오가면서 약초를 거래하는 자로, 문경한이라고 하네."

"송보성이라고 해요."

"자네에게 제안을 하고 싶은 일이 있네."

문경한이 은밀하게 목소리를 낮추며 말했다.

"말하세요."

심상치 않은 분위기를 알아차린 송보성 또한 목소리를 낮췄다.

"이번에 어떤 분이 나에게 사람의 피를 말려 죽일 수 있는 고통스러운 독을 구해다 달라고 부탁을 해왔네. 한 번에 죽어 가는 것이 아니라 두고두고 고통을 겪는 독이어야 한다는 조건을 걸었어."

"그래요?"

송보성의 눈이 반짝거렸다.

'돈이다!'

그는 진한 돈 냄새를 맡았다.

"외간 남자와 간통을 저지른 부인이 들통이 나자 살인 청부업자까지 고용했다네. 다행스럽게도 남편은 목숨을 건졌지. 치가 떨린 남편이 부인에게 복수를 하려고 독을 구하려고 하는 것이라네."

"그건 나랑 상관이 없는 일이고, 보수는요?"

송보성이 딱 잘라 말했다.

독을 필요로 하는 사람들의 사정까지 알고 싶은 마음은 없었다. 그렇다고 사람 하나 살린다는 생각으로 거절할 생각 또한 애당초 없었다.

'어차피 내가 아니라고 해도 독을 구할 사람이다.'

밝고 유쾌하게 웃는 송보성이었지만 자신과 관계가 없는 사람들에 대해서는 비정한 면을 유감없이 드러냈다.

'어린놈이 사람을 해하는 독 주문에 이처럼 차갑게 나오다니!'

부르르!

혹시라도 거절하면 어쩌나 노심초사하던 문경한이 몸을 부르르 떨었다. 그러나 그것도 잠시, 이내 다시 입을 열었다.

"선수금으로 은자 오십 냥을 받았네. 독을 건네준 다음에 추가로 오십 냥의 은자를 받기로 했지. 딱 잘라서 자네에게 절반을 주지. 어떤가?"

문경한이 처음부터 탁 털어놓고 이야기했다.

흥정에 능숙한 상인이었기에 미리 받았던 금액을 속일 수도 있었지만 이번에는 진실했다. 일회성인 일로 생각하고 있었고, 부가적으로 챙기는 이득도 나름 쏠쏠했다.

"좋아요. 선수금의 절반만 주세요. 추가로 받는 돈은 모두 가지셔도 괜찮아요."

송보성이 고개를 끄덕거렸다.

독 하나 만들어 주고 은자 이십오 냥이라면 무척 쏠쏠한 소득이었다. 그렇지 않아도 요즘 무공 수련에만 몰두하느라 술을 판매하는 일을 제외하곤 돈을 벌지 못하고 있었다.

"바로 독을 드릴 테니 돈을 주세요."

"가지고 있는 거니?"

"아니요, 지금 만들 거예요."

송보성이 망태기에서 방금 전에 캔 하수오를 꺼내 들었다.

"그건 하수오 아니냐?"

독을 준다고 하더니 몸에 좋은 하수오를 꺼내는 모습에 이해를 할 수가 없었다.

"하수오에 독을 주입할 거예요."

"뭐?"

"보면 알아요."

송보성이 말했다.

팟!

그의 노란 손에서 갈색과 빨간색이 새어 나왔다.

간과 담에서 목의 독기가 손으로 흘렀고, 심장과 소장에서 화의 독기가 뿜어졌다. 음양오행독공으로 만든 목생화의 독으로, 오로지 송보성만이 만들어 낼 수 있는 것이었다.

송보성의 목생화 인독이라고 해도 무방했다.

고도로 집중을 하면 오장육부의 독기를 약간 뽑아서 쓰는 것이 가능해졌다. 여기에서 더욱 발전하면 적색 피로 넘어가게 되는 것이다.

"다 됐어요."

송보성이 목과 화의 독기가 섞인 하수오를 건네줬다. 아주 미약하게 독을 뽑아내서 사용했지만 먹기만 하면 복용자는 간과 담, 심장과 소장이 바짝 메말라 가면서 죽어 가게 된다.

"정말 이걸 먹으면 지독하게 고통스러운 거냐?"

하수오를 건네받은 문경한이 의심쩍은 눈초리를 보냈다.

노란색 손에서 갈색과 빨간빛이 흘러나오는 신기한 장면을 목격했지만 그것이 몸에 좋은 하수오를 바꿨다는 사실을 믿기 힘들었다.

"그럼 직접 먹어 볼래요? 제가 하수오 하나 더 만들어 드릴게요."

송보성의 눈이 번뜩거리며 광기가 흘렀다.

믿지 못하는 문경한에 대한 질책이기도 하면서 그동안 당해 오기만 한 실험체로서의 분노를 풀 수 있는 기회이기도 했다.

"아니다. 믿는다."

먹어 보라는 자신만만한 송보성의 태도에 문경한이 손을 휙휙 내저었다. 상인으로서 오랜 경험으로 볼 때 진실이라고 확신했다.

“돈 받아라.”

문경한이 품속에서 은자 이십오 냥을 꺼내어 건네줬다.

“고마워요. 앞으로 우리 친하게 지내요. 다음번에도 독이 필요하면 북경의 제중원으로 찾아오세요. 친절하게 염가로 봉사해 드릴게요.”

송보성이 새롭게 만난 돈줄 문경한에게 밝게 웃으며 말했다.

“알았다.”

문경한이 어색하게 대꾸했다.

‘돈독이 오른 놈인가?’

묘하게 신경을 자극하는 송보성이었다.

비록 거래를 했지만 독을 다루는 송보성과 오랜 시간 함께 하고 싶진 않았다. 독은 위험한 물건이었다.

“여기에서 헤어지자.”

“잘 가세요.”

송보성이 웃으며 문경한을 배웅해 줬다.

주변이 적막하게 바뀌자 송보성의 얼굴 또한 서서히 바뀌었다. 동시에 작은 체구의 그의 몸이 쑥쑥 자라나더니 변체환용술을 펼치고 있던 송보성의 진면목이 모습을 드러냈다.

그는 바로 제중원장 안재우였다.

"이제야 답답한 마음이 약간이나마 풀리네."

인독을 사용해 이름 모를 간통녀를 괴롭게 만들었다는 사실이 그나마 위안이 되었다.

"눈엣가시인 이 진사라는 놈도 독에 중독시켜?"

의술을 배운다고 제중원을 들락거리는 이한열 때문에 그는 무척 난감했다. 제중원에서 편하게 지내다 이한열을 극진하게 모시며 의술을 가르쳐야만 했다.

"끄응! 눈치가 빠른 놈이라 눈치를 챌 수도 있어."

진실한 모습을 숨기고 있는 안재우는 이한열의 뛰어난 머리를 경계했다.

第八章

정칠품 정자

이한열이 정칠품 정자로 한 단계 올라섰다.

한직에 몰린 그가 동기들 가운데 가장 먼저 승진을 하면서 파란을 일으켰다. 한직인 주자소에 배치된 상황에서 이처럼 빠르게 정자로 올라설 거라곤 아무도 예상하지 못했다.

그가 주자소에서 정자의 몫까지 열심히 일하고 있었지만 그것이 승진이 될 정도까지는 아니었다.

'맞은 대가인가?'

이한열은 이번 승진의 배경에 주수선이 있다는 사실을 알았다.

주수선은 이한열의 바람을 모르지 않았다.

황족으로서 살아온 그녀는 막무가내인 면이 있는 반면 영민한 구석도 있었다.

그녀는 무소불위의 권력을 행사하는 황제를 보면서 살아왔다.

황제의 커다란 권력의 바탕에는 신상필벌이 있었다.

상과 벌이 명확하지 않으면 군주의 말에 무게가 서지 않는다.

그건 주수선이라고 해도 예외가 아니었다.

천인혈골만으로 부족하다고 느낀 그녀는 이한열에게 권력을 좀 더 선사하기로 작정했다.

그 가운데 하나가 바로 정칠품 신분의 정자였다.

비록 근래 들어 나름 잘나간다고 하지만 관리들 세계에서 이한열은 여전히 구박받고 천대받는 위치의 존재였다.

이한열이 정자가 됐다는 소식과 황궁무고에 들어갔다는 사실이 삽시간에 진사 동기들과 사람들에게 퍼졌다. 그리고 금의위와 주수선이 배경이라는 소문까지 돌았다.

'대우를 받으려면 우선 나에 대해 사람들에게 알려야지.'

이한열은 노골적이면서도 은밀하게 이런 소문을 사람들에게 퍼트렸다.

'인맥은 재산이다.'

이한열은 뒷배로 승진했다는 일부의 손가락질을 받았지만

떳떳했다. 나름 성실하게 일했고, 뼈가 부러질 때까지 맞기도 했다.

인맥을 쌓기까지 그가 감당한 부분이 엄청났다.

"이한열이 대체 누구야?"

"앞으로 더 잘나갈 것이 틀림없어. 금의위 제기인 범영수가 밀어 준다고 하더라."

"범영수보다 더욱 큰 사람이 있어. 주수선 공주가 이한열을 좋게 봤다고 해."

"그는 진사 출신으로 앞날이 창창하지. 게다가 얼굴도 잘생겼어."

이제까지 시큰둥하던 황실의 여인들도 이한열의 소식에 귀를 기울였다. 그녀들은 황실에서 전도유망한 남자가 누구인지 귀신같이 알아차렸다.

저벅저벅!

이한열이 주자소를 향해 걸었다.

관복이 바뀌어 있었다.

종칠품 부정자에서 정자로 신분이 바뀌면서 관복이 보다 화려해졌다. 관리에게 있어 관복은 신분을 나타내 주는 품격이었다.

그의 발걸음에 절로 힘이 들어갔다.

"안녕하세요."

맞은편에서 오던 여인이 이한열을 발견하고 웃으며 인사해 왔다. 그녀는 평소 몇 번 이한열과 마주쳤지만 한 번도 말을 걸어온 적이 없는 이였다.

"안녕하시오."

이한열이 인사를 받아 줬다.

"이제 등청하시는 길인가 보네요?"

"그렇소."

그가 가볍게 대화를 하면서 지나치려고 했다. 그러자 여인, 황궁 주방인 수라간에서 일하는 고소미가 이한열에게 바짝 다가섰다.

"오늘 퇴청하시고 시간이 되나요?"

나름 얼굴에 자신 있는 그녀가 단도직입적으로 승부를 걸었다.

수라간에서 고되게 일하면서도 그녀가 아직까지 황궁에 남아 있는 건 좋은 남자를 찾기 위함이었다. 그녀는 좋은 남자를 만나 신분 상승을 꿈꿨다.

때문에 잘나간다는 이한열의 소문을 듣고 작업을 걸었다. 정실을 차지하면 좋고, 첩의 자리도 나쁘지 않았다.

'훗! 인기를 주체할 수가 없군.'

이한열은 고소미의 빤한 의도를 알아차렸다.

'하지만 지금은 건드릴 수가 없구나.'

이한열이 속으로 안타까워했다. 아쉽지만 지금 그의 거시기는 봉인이 된 상황이었다.

아침마다 튼튼하게 일어나던 거시기가 천인혈골이 들어선 뒤로 잠잠했다. 거시기에 저주가 걸린 것이다. 그 이후로 이한열의 밤 나들이는 사라졌다.

성욕이 사라진 이한열의 여자에 대한 감정은 무척이나 단순해졌다.

"시간이 없소."

이한열이 만남을 거절했다.

"나중에도 괜찮아요. 언제 시간이 나시나요?"

고소미가 사근사근한 목소리로 계속 들이댔다.

한 번만 찔러 보고 물러날 생각이었다면 이렇게 나서지도 않았을 것이다.

"앞으로도 시간이 안 날 것 같소."

그는 계속되는 여인의 만남 요청이 싫지 않았다.

그만큼 이제 그가 대접받을 위치에 올라섰다는 반증이었다.

"안타깝네요. 정자님은 딱 제 취향인데요."

고소미가 아쉬운 표정을 숨기지 않았다.

이한열은 적극적으로 마음을 표현한 그녀가 싫지 않았다.

그녀의 마음을 이해하고 있었기 때문이다.

이한열 역시 여전히 더욱 높은 신분을 원하고 있었다.

"아쉽지만 그대의 인연은 내가 아니오."

이한열이 담담하지만 단호하게 이야기했다.

더 이상 기회를 주지 않음으로써 추후에 있을지도 모를 오해를 정리하기 위함이었다.

"정자님도 손해인 줄 아세요. 제가 진짜 음식을 잘하거든요. 음식 잘하는 여자가 얼마나 사랑받는지 잘 아시지요?"

이한열에 대한 감정을 깔끔하게 정리한 그녀였다.

"그건 아쉽군요."

부담을 주지 않는 그녀의 편한 말에 이한열이 웃으며 대답했다.

그는 될 수 있으면 황궁에서 적을 만들지 않았다.

상대하기 싫다고 고소미에게 무안을 줬다면?

그녀가 앞에선 고개를 숙이고 뒤에서는 칼을 갈지도 몰랐다.

그렇다고 여인이 다가온다고 넙죽 좋아할 수도 없는 노릇이었다. 멀찌감치 떨어져서 그를 지켜보고 있는 여인들이 몇 명 더 보였다.

퇴청한 뒤 고소미와 만난다면 많은 여인들이 그에게 벌 떼처럼 달려들 것이다.

"어머! 고소해라."

"소미 저년이 잘난 척하더니 결국 거절당했어."

"부엌데기가 어디서 정칠품 관리를 노리는 거야. 언감생심이지. 적어도 나 정도는 되어야 가능성이 있어."

"흥! 미쳤구나."

여인들의 시샘과 거친 말투가 이한열의 귓가에 선명하게 들렸다.

"여자들의 말을 엿듣다니 실례예요."

고소미가 입술을 삐죽이며 핀잔을 줬다.

"귀를 막을 수는 없는 노릇이지."

"성격이 좋다고 말하기에는 문제가 있어도 솔직하시군요."

"그렇게 말해 주니 고맙네."

"속물적이라는 말이었어요."

"그것도 나쁘지 않아."

이한열은 자신을 두고 다투는 여인들을 보면서 싱긋 웃었다. 순수하지 않고 속물적인 근성을 보이는 모습이었다.

하지만 지금 이런 모습이 이한열의 진실한 본성이었다.

'이런 나 자신이 좋아.'

이한열은 속물적인 자신을 사랑했다.

본성을 속이지 않고 있는 그대로 받아들였다.

"절 놓친 게 안타깝다는 점을 알려 드릴 수 있게 맛있는 요리를 가져다 드릴게요."

"그래."

"아마 깜짝 놀라실 거예요."

고소미가 허리에 양손을 올리고 말하며 자신감을 드러냈다.

"기대하지."

맛있는 요리는 언제 먹어도 즐거웠기에 이한열은 거절하지 않았다.

"다음에 뵐게요."

생기발랄함을 폴폴 풍긴 고소미가 사뿐사뿐 걸어 멀어져 갔다.

이한열은 수군거리는 여인들의 수다를 들으면서 주자소로 향했다. 절로 몸에 힘이 들어갔다. 꼿꼿하게 허리를 세운 그의 머리 위로 맑은 햇살이 내리꽂혔다.

"진짜 멋있다."

"황궁에 왔을 때 바로 낚아챌걸! 아쉬워."

그의 발걸음이 깃털처럼 가벼웠다.

'이래서 사람들이 높이 올라가려고 하는구나.'

평소 보던 풍경이 오늘따라 더욱 정겹게 느껴졌다.

저벅저벅!

그가 주자소에 거의 이르렀을 때였다.

"이한열 정자님!"

위생국에서 일하고 있는 신승우가 빠른 걸음으로 다가왔다. 외문무공을 익히는 데 도움을 줬던 그의 입가에 환한 웃음이 피어났다.

그는 진사 동기들 가운데 이한열과 가장 마음이 잘 맞는 친구였다. 하지만 바쁜 시간을 보내다 보니 근래 이한열을 만나지 못했다.

"승진을 진심으로 축하드립니다."

신승우가 고개를 숙였다.

"고맙네. 자네의 도움이 컸어."

이한열이 신승우의 어깨를 툭툭 치면서 웃어 댔다.

어렵고 힘든 시절, 신승우가 약재들을 지원해 줬다.

그걸 바탕으로 이한열의 무공 실력이 크게 성장했다.

사석에서는 친한 동기이지만 공적인 자리인 황궁에서는 서로 신분 품계가 달랐다. 친분만으로 서로 허물없이 지내는 건 보기가 좋지 않았다.

그런 사실을 잘 알기에 신승우가 이한열에게 깍듯이 존대했고, 이한열 역시 편하게 하대했다. 사회에는 그에 맞는 법칙이 있었고, 반드시 지켜야 편했다.

"앞으로 많은 지도 편달 부탁드립니다."

신승우가 청탁했다.

투자에 대한 약속을 잊지 말고 지켜 달라는 읍소였다.

“물론이지. 잊지 않고 있다네.”

이한열은 마땅히 은혜를 갚고, 신승우의 신분도 위로 끌어올리려고 준비할 생각이었다.

혼자만 잘나서는 황궁에서 살아남을 수 없다.

주수선과 범영수라는 튼튼한 배경이 생겨났지만 아직 이한열의 인맥은 미흡했고, 이한열이 알거나 아는 사람들의 수도 많지 않았다. 보다 관계를 넓힐 필요가 있었다.

도와줬던 사람에게 보답하는 건 이한열의 인덕을 높이는 데 이득이 된다.

매사매골!

죽은 천리마의 뼈를 비싼 금액에 사들였다는 고사이다.

주위 사람을 등용하면 인재들이 절로 찾아온다는 인재 채용술로, 이한열은 그 매사매골의 가르침대로 인재 채용술을 펼쳤다.

좋은 인맥을 만들기 위해서는 마땅한 보상이 따라야만 한다.

“여기서 이럴 게 아니라 안으로 들어가세.”

이한열이 신승우의 손을 붙잡고 주자소 안으로 성큼성큼 들어섰다.

‘참으로 다행이다.’

예전과 다름없이 친근하게 구는 이한열을 보면서 신승우는 속으로 안도의 한숨을 내쉬었다. 신분과 환경이 달라진 이한열에게 토사구팽당할 수도 있다고 걱정했기 때문이었다.

어쩌면 신승우를 버리고 인맥을 만드는 길이 이한열에겐 더 편할지도 몰랐다. 뒷배가 든든해진 이한열은 입맛대로 관리들을 골라서 사귈 수 있었다.

하지만 이한열은 과거의 약속을 잊지 않고 신뢰를 지켰다.

신승우는 그런 이한열에게 감탄했다. 그의 심성에 숨겨져 있는 차가움은 미처 깨닫지 못했다.

도움이 안 되고 해가 되는 존재라면 거침없이 내쫓을 수 있는 사람이 바로 이한열이었다. 하지만 사람 좋게 웃는 이한열의 얼굴이 비정한 속내를 잘 포장해 줬다.

"승진하실 줄 알았습니다."

"열심히 일하시는 이한열 진사님이 원래부터 차지하셨어야 할 자리입니다."

"축하드립니다."

땀을 뻘뻘 흘리며 주자소에서 일하던 사람들이 이한열에게 저마다 축하 인사를 올렸다. 그들은 열심히 일한 이한열을 진심으로 위하고 있었다.

"후후후! 고맙네. 이 돈으로 자네들끼리 술이라도 한잔하게나."

이한열이 품에서 전낭을 꺼내 천대복에게 건넸다.

이미 이런 일이 있을 줄 알고 준비한 전낭이었다. 그 안에는 주자소에서 일하는 모든 사람들이 얼큰하게 마실 수 있는 넉넉한 돈이 들어 있었다.

"저희들이 대접을 해드려야 합니다."

천대복은 선뜻 전낭을 받지 못했다.

이한열의 승진 축하를 위해 주자소에서 일하던 사람들이 돈을 모을 작정이었다.

"됐네. 훨씬 많은 돈을 버는 내가 어떻게 자네들에게 대접을 받겠는가? 마음만 고맙게 받는 걸로 하겠네."

"하지만……."

"손 떨어지겠네."

이한열이 천대복의 손에 억지로 전낭을 쥐여 줬다.

"고맙습니다."

"잘 마시겠습니다."

넉넉한 이한열의 마음에 감탄한 사람들이 일제히 고개를 숙였다. 그들은 진심으로 이한열을 따르며 고마워했다.

넉넉하지 않았던 그들의 살림이 이한열이 주는 뒷돈으로 인해 풍족해졌다. 그리고 주자소에서 일하는 환경도 훨씬 편해졌다.

예전에는 힘든 탓에 기술자와 일꾼들이 서로 오지 않으려고 하던 곳이 바로 주자소였다. 그런데 지금은 그런 풍토가 완전히 바뀌었다. 뒷돈까지 써가면서 주자소에 오려는 사람들이 넘쳐났다.

"사람들이 신바람을 내며 일하는군요."

"좋아서 해야 일의 능률이 오르는 법이지."

이한열이 어깨를 으쓱하며 대수롭지 않게 이야기했다. 그러면서 은근하게 자신이 사람들을 잘 다룬다는 사실을 주지시켰다.

"집무실로 가세."

이한열이 앞장섰다.

"여기는 처음이군요."

실내로 들어선 신승우가 집무실을 둘러보며 말했다.

"종종 놀러 오게."

의자에 앉아 편하게 말하는 이한열은 신승우의 눈에 남달라 보였다. 가만히 앉아 있는데도 불구하고 전보다 커 보였다.

그건 바로 고위 관리들에게서나 풍기는 위엄이었다.

주수선을 만나 본 이한열은 어렴풋이나마 그녀의 위압감을 이해했고, 비슷하게나마 따라서 표출했다. 한마디로 그의 분위기가 장난 아니게 바뀐 것이다.

*　　*　　*

이른 새벽, 탁탑천이 집을 나섰다.

탁! 탁!

탁! 탁!

탁탑천은 봉연무관에 가기 위해 뛰기 시작했다.

이한열의 의도 아래 봉연무관에서 가열한 심신 교육을 받고 있는 탁탑천이었다. 탁탑천의 육체 한계와 마음의 나태함을 조연풍이 제대로 조련했다.

탁탑천은 이제 새벽이 되면 눈을 번쩍 떴고, 밤늦은 시간까지 허리를 꼿꼿하게 세우고 공부했다. 단련된 육체로 인해 예전보다 공부를 쉽게 받아들일 수 있었다.

이한열의 계획이 제대로 적중한 것이다.

"쳇!"

습관적으로 뛰고 있던 탁탑천이 툴툴거렸다.

생각하기도 싫은 이한열 때문에 편안하던 삶이 송두리째 바뀌어 버렸다. 성적이 올라가고 몸이 튼튼해져서 좋기는 하지만 탁탑천은 여전히 이한열이 싫었다.

"수련하는 거니?"

귀엽게 생긴 여인이 탁탑천에게 말을 걸어왔다.

생전 처음 본 여인이 웃으며 다가오자 탁탑천은 뛰는 속도를 늦췄다.

"네."

웃을 때 보조개가 예쁘게 드러나는 여인을 본 탁탑천의 눈이 반짝거렸다. 어린 남자인 그였지만 아름다운 여인을 보는 건 좋아했다.

"네가 이한열 진사님에게 공부를 사사한다며?"

"맞아요."

"이걸 좀 전해 주겠니?"

그녀가 수줍게 웃으며 분홍빛 서신을 건넸다.

"이게 뭔가요?"

"내 마음을 담은 서신이란다."

"선생님을 좋아한다고요?"

탁탑천이 얼굴을 찌푸렸다.

마주칠 때마다 그를 괴롭히는 이한열이었다. 탁탑천은 이한열이 좋아하는 걸 하기가 싫었다.

"꼭 전해 주렴. 직접 이한열 진사님을 만나 뵙고 전하고 싶지만 쉽지가 않아."

여인이 얼굴을 붉혔다.

그녀는 이한열에게 직접 마음을 표현하기가 어려웠다.

"알았어요."

탁탑천이 품 안에 서신을 넣었다.

여인의 부탁을 승낙했지만 이한열에게 서신을 건네줄 생각은 눈곱만치도 없었다.

'누구 좋으라고 이런 서신을 줄까! 집에 가서 읽어 보고 버려야겠다.'

탁탑천은 여인의 순정을 가볍게 짓밟았다.

이한열을 좋아한다고 하자 예쁘게 보이던 여자의 얼굴까지 마음에 안 들었다.

'못생겼네.'

탁탑천이 뛰는 속도를 빨리해 여인에게서 벗어났다.

"탑천아!"

익숙한 음성이 들려오자 탁탑천이 고개를 돌렸다.

"네가 이 새벽에 웬일이냐?"

"오늘부터 나도 봉연무관에서 수업을 듣기로 했어."

서당에서 함께 수업을 듣는 신춘부가 탁탑천의 곁으로 다가왔다. 신춘부는 탁탑천보다 수업 성적이 뛰어났고, 평소 그와 친한 사이가 아니었다. 그런데 지금은 무척 친근하게 다가섰다.

"봉연무관에 다니겠다고?"

"공부는 체력이 뒷받침돼야 하잖아."

신춘부가 말했다.

그는 근래 들어 매섭게 성장하는 탁탑천을 예의 주시하고 있었다. 그리고 마침내 탁탑천의 성적 비밀까지 밝혀냈다.

"이한열 진사님에게 개인 수업을 듣는다면서?"

"그래."

탁탑천이 마지못해 고개를 끄덕였다.

새벽부터 계속 들은 이한열이라는 이름 때문에 심기가 불편해졌다.

"그 수업에 나도 낄 수 있을까?"

신춘부는 이한열의 족집게 과외에 감탄했다.

형편없는 성적을 가졌던 탁탑천을 빠른 시일 내에 성장시킨 이한열이었다. 그런 이한열에게 자신이 공부를 사사하면 탁탑천보다 훨씬 잘될 거라 자신했다.

"훗!"

입매를 비튼 탁탑천이 비릿한 웃음을 터트렸다.

평소 데면데면하던 신춘부가 친근하게 다가선 이유를 알아차렸기 때문이다.

'이한열도 싫지만 너도 싫다.'

탁탑천은 신춘부를 이한열에게 소개시켜 줄 마음이 없었다. 재수 없는 사람들끼리 만나 시시덕거리는 모습을 보면 속에서 열화가 치밀어 오르리라!

하지만 이런 불쾌한 마음을 겉으로 표현하지는 않았다.

'함부로 감정을 표현하면 안 된다는 점을 뼈저리게 배웠

지.'

탁탑천은 이한열과 있었던 일의 교훈을 기억하고 있었다.

"알았어. 얘기는 해볼게."

"고마워, 친구야."

어떻게든 이한열에게서 사사하고 싶어 하는 신춘부의 마음이 느껴졌다.

'오랜 세월이 지난 뒤에도 내가 잊지 않는다면 말을 꺼내 볼게.'

탁탑천은 밝게 웃고 있는 자칭 친구인 신춘부를 보면서 마주 웃었다. 그리고 그녀의 즐거운 마음을 흔들기로 마음먹었다.

"이한열 선생님은 일대일 과외를 좋아하셔. 내 수업에 너의 자리가 없을 수도 있어."

탁탑천이 웃으며 이야기했다.

"잘 얘기해서 꼭 넣어 줬으면 좋겠다."

"선생님께선 술을 좋아하셔. 술 한 병을 사가서 부탁하면 이야기가 잘 풀릴 수도 있어."

"이 돈이면 될까?"

신춘부가 전낭에서 은자 다섯 냥을 꺼내어 건넸다.

"좀 부족하긴 한데, 그 돈으로 적당한 술을 사가면 되겠지."

"다음에 더 가져다줄게."

신춘부는 더 많은 돈을 못 줘서 안달이었다.

탁탑천이 씩 웃으면서 돈을 챙겼다.

근래 집에서 주는 용돈이 줄어들었기에 요긴하게 쓸 수 있는 은자 다섯 냥이었다. 악랄한 이한열의 수작으로 인해 풍족하던 용돈이 사라져 버렸다. 배고파 봐야 공부를 잘할 수 있다고 이한열이 탁둔원에게 이야기했기 때문이었다.

그리하여 필요한 순간 적절하게 돈을 갈취할 수 있는 능력이 탁탑천에게 생겨났다. 웃는 낯으로 뇌물을 받는 이한열에게서 배운 것이었다.

제자는 스승을 닮기 마련이었다.

발 없는 말이 천 리를 간다.

서당에서 금방 쫓겨나리라 여겼던 탁탑천의 성공은 많은 사람들에게 알려졌다. 같은 서당에 다니는 학생들과 그들의 부모, 특히 어머니들이 난리였다.

자식 교육에 대한 어머니들의 치맛바람은 엄청났다.

"바보도 천재로 만드는 능력자, 이한열!"

"미운 오리 새끼를 백조로 만들었다."

"보라! 탁탑천의 놀랍도록 발전한 성적이 이한열 진사의 뛰어난 과외 솜씨를 여실히 보여 준다."

"이한열 진사에게 과외를 받을 수 있을까?"

"많은 돈을 낼 준비가 되어 있어."

북경에서 자식 공부에 신경 쓰는 사람들이 이한열에 대해 수군거렸다. 성적이 나쁜 자식을 둔 사람들은 이한열을 초빙하려고 했다.

탁탑천의 성적이 계속 오르고 있었기에 시간이 지나면서 이런 움직임은 더욱 많아졌다.

하지만 어느 누구도 이한열을 초빙하지 못했다.

이한열에게서 사사를 하는 건 오직 탁탑천 한 명뿐이었다.

처음 북경에 와서 돈이 없던 시절의 이한열을 탁둔원이 낚아챘다. 지금의 이한열은 많은 돈을 벌어들이고 있었기에 부족함이 없었다. 그리고 여러 가지 벌인 일 때문에 개인적인 시간이 부족했다.

어린 학생들을 받아 개인 과외를 할 틈이 없었다.

第九章

동창

주수선 황녀가 이한열을 불렀다.

그것은 그의 인생 진로를 획기적으로 전환시키는 부름이었다.

"동창에 들어갈 생각이 있어?"

그녀가 물었다.

동창!

금의위와 함께 황실을 지키는 강력한 힘을 가진 기관이다. 동창의 요직은 환관이 맡고 있으며, 동창의 고수들도 대부분 환관이다.

금의위에 비해 동창의 정보력이 더 뛰어나다고 알려져 있다.

이런 동창의 최우선 과제는 황실 수호이다.

황권에 위협이 되는 반역자들과 반역 가문을 색출하는 데 있어 무소불위의 권력을 휘두른다.

서슬 퍼런 권력으로 인해 동창의 악명은 드높다.

동창에 끌려가게 되면 죄의 유무를 떠나 병신이 될 가능성이 높다. 그리고 반역으로 몰려 가문까지 멸문당할 수도 있었다.

"제가 동창에 들어갈 수 있습니까?"

놀란 이한열이 물었다.

동창이란 말에 두려움을 느껴야만 했다.

동창의 막대한 정보력에는 이한열에 대한 것도 있을 것이 분명했다. 동창에 찍힌다면 이한열은 그날로 벼슬길에서 쫓겨난다. 심할 경우 목이 날아갈 수도 있었다.

"황족인 내 힘이라면 너를 동창에 넣을 수 있지."

"동창에 들어갔다 제 물건이 잘리는 것은 아닌지 걱정이 됩니다."

이한열이 막연한 두려움을 드러냈다.

동창에 깊숙하게 발을 들여놓았다가 거세를 당할지도 몰랐다.

거세!

남자라면 지극한 두려움을 받을 수밖에 없었다.

"호호호! 그럴 일은 절대로 없으니까 걱정하지 마라."

주수선이 박장대소했다.

이한열의 머릿속이 복잡해졌다.

그는 막연한 거부감으로 인해 동창이 싫었지만 주수선의 말을 무턱대고 거부할 수는 없었다. 황녀가 입 밖으로 이야기를 꺼낸 이상 이한열의 선택은 오직 한 가지였다.

그렇지만 이대로 동창으로 갈 수만도 없었다.

북경에 상경한 그는 학사로서 성공하고 싶었다.

"동창에 들어가겠습니다."

"잘 생각했어."

"대신 한림원에 넣어 주십시오."

이한열이 당당하게 요구했다.

보통은 윗사람에게 이런 청탁을 하는 것이 쉽지 않았다. 잘못될 경우 큰 낭패를 당할 수도 있었다.

하지만 황궁무고에서 봤던 주수선이라면 당당한 청탁을 싫어하지 않을 거라고 이한열은 판단했다.

그리고 그의 판단은 틀리지 않았다.

"한림원의 학사로 넣어 주지."

주수선이 고개를 끄덕였다.

한림원에 이한열을 꽂아 주는 일은 그녀에게 어렵지 않았다.

그녀의 승낙으로 인해 이한열의 신분은 단숨에 정육품으로 쭉 올라섰다.

"감사합니다. 마소처럼 열심히 일하겠습니다."

감격한 이한열이 고개를 팍팍 숙였다.

역시 벼슬아치 인생은 연출이 중요했다.

"시대가 바뀌고 있다."

주수선이 맑게 빛나는 눈빛을 번뜩이며 말했다.

천방지축으로 행동하는 그녀에게도 고민이 있었다.

"……."

이한열은 말없이 경청했다.

때로는 침묵이 금보다 고귀했고, 바로 지금이 그랬다.

"동창은 세상을 바라보는 황실의 눈이지. 그곳에서 살펴보면 시대의 흐름을 알 수 있어. 그대가 동창에서 보고 느낀 세상을 내게 전해 줬으면 해."

주수선은 이한열이 자신의 정보원이자 눈이 되기를 원했다.

난세인 세상은 급변하고 있었다.

어제 있었던 사람이 갑자기 사라지고, 멀쩡하던 가문이 하루아침에 반역에 몰려 멸문했다. 북경을 비롯한 중원 곳곳에서 심상치 않은 움직임이 많았다.

강력한 중앙 집권을 확립하지 못한 황실의 탓이 컸다.

다음 대 황제가 누가 될지 모르는 상황에서 극심한 이전투구가 벌어지고 있었다. 주수선의 친오라비인 황태자가 황제 자리에 오른다고 아무도 장담하지 못했다.

"적어도 죽어야 할 때는 알고 싶어."

그녀가 공허한 표정으로 이야기했다.

아무런 걱정이 없어 보이는 황족에게도 아픔이 존재했다. 가슴을 콕콕 찌르는 슬픔이 황녀인 주수선에게 넘실거렸다.

황자들의 다툼이 벌어지고 있는 시기에 황태자가 몰락하게 될 경우 그녀의 목숨도 낙엽처럼 쓰러질 수 있었다.

"세상이 급변하고 있다면 제가 먼저 바뀌겠습니다. 변화 속에서 살아남아 군주 마마의 곁으로 돌아오겠습니다."

이한열이 확고한 마음으로 말했다.

선비는 자신을 알아주는 주군을 위해 죽는다.

그에게 있어 주군은 주수선이었다.

다음 날, 이한열이 동창에 발을 들여놓았다.

"제 자리는 어디인가요?"

"흐응! 그대의 자리라면 저쪽이지."

환관 한 명이 야릇한 목소리로 말했다.

여성의 느낌이 물씬 풍겨나는 얇은 목소리가 이한열의 솜털을 곤두서게 만들었다.

"책상과 의자는요?"

아무것도 없는 빈 공간을 본 이한열이 물었다.

"저곳이 자네의 자리라네."

동창에 들어왔지만 정작 이한열의 자리는 없었다.

주수선이 힘을 썼음에도 동창에서 이한열의 지위는 가장 낮았다. 이한열은 책상과 의자도 없이 그저 처음부터 배워 나가야만 했다.

"호호홍! 이한열, 지중추사에 대한 자료를 가지고 와!"

"호부상서로 새로 역임한 사람은 누구지?"

"달콤한 전병이 모두 떨어졌네. 주방에 가서 전병을 시켜."

환관들이 전부 이한열을 부렸다.

동창에 있는 환관들은 이한열보다 모두 높은 신분이었다. 그들이 시키면 이한열은 열심히 할 수밖에 없었다.

"여기 있습니다."

"새로 부임한 호부상서는 고영기입니다."

"전병 바로 가져오도록 하겠습니다."

환관들의 시중을 들면서 이한열이 바쁘게 움직였다.

"여기 청소도 깔끔하게 해놓도록."

"알겠습니다."

동창의 모처 청소도 가장 낮은 신분인 이한열의 몫이었다. 비밀스런 정보들이 잔뜩 널려 있는 장소에 아무나 들어올 순 없었다.

스윽! 슥!

이한열이 걸레와 빗자루로 깔끔하게 청소했다.

수많은 정보들이 서류로 작성되어 있었기에 실내는 무척이나 지저분했다. 여기저기 펼쳐져 있는 종이들과 서책들이 무척이나 많았다.

지저분한 종이들에 적혀 있는 정보들을 값어치 나가게 만드는 것도 동창에서 일하는 사람들의 몫이었다.

높은 신분의 환관들은 무척이나 주변을 어지럽혔다.

어지럽히는 데 있어 탁월한 재능을 지녔다고 할까?

그런 환관들 틈바구니에서 이한열은 어깨너머로 동창의 업무를 익혀 나갔다.

이른 아침, 그가 주방에서 가져온 바구니에 전병과 당과 등을 먹기 좋게 담아 놓았다. 환관들이 언제든 편하게 먹을 수 있도록 주전부리를 잘 준비해 놓은 것이다.

"오늘은 유난히 지저분하네."

이한열이 환관 한 명의 책상 위를 바라보았다.

수북하게 쌓여 있는 종이들이 금방이라도 책상 아래로 떨어지려고 했다.

이한열은 마구 어질러져 있는 종이들을 가지런히 정리해 놓았다.

"보기 좋군."

깔끔하게 정리된 책상을 보자 마음이 상쾌했다.

시키지 않아도 알아서 척척 일하는 이한열이었다.

그는 동창에서의 일에 익숙해져 가고 있다고 생각했다.

"누가 내 책상을 건드렸어?"

실내에서 가장 높은 계급의 환관 원평의 입에서 찬 서리 날리는 목소리가 튀어나왔다.

"제가 치웠습니다."

이한열이 대답했다.

"순서대로 정리한 종이들을 왜 건드렸지? 누가 마음대로 하라고 했어!"

원평이 미친 듯이 화를 냈다.

책상 위에 어지럽게 펼쳐져 있던 종이들에는 법칙이 있었고, 그건 오랜 시간 원평이 만들어 놓은 것이었다. 그 상태로 살피면서 종이에 적힌 정보들을 취합하고 있었다.

"죄송합니다."

"이래서 아무것도 모르는 애송이를 동창에 받아들이면 안 된다니까."

"다시 원래대로 해놓으면 되겠습니까?"

"어떻게 한다는 말인가?"

"다 기억하고 있습니다."

이한열이 책상 위의 종이들을 다시금 어지럽히기 시작했다.

슥! 슥!

거침없이 움직이는 손놀림 속에 종이들이 책상에 널렸다.

"흐응!"

그 모습을 바라보는 원평의 눈이 커졌다.

어젯밤에 마지막으로 보았던 책상 위의 광경이 그대로 재현됐다. 수백 장의 종이들이 원래 있던 공간에 고스란히 위치했다.

"재미있는 재주를 가졌구나."

"기억력이 좋은 편입니다."

이한열이 말했다.

무공을 익히면서 그의 뇌는 더욱 발달했다. 기억하고자 하는 풍경을 마치 그림처럼 머리에 각인시키는 것도 가능했다.

"정보원으로 쓸 만하겠어. 흘흘!"

원평이 호감 어린 눈빛으로 이한열을 바라보았다.

그런데 그 눈빛이 무척이나 야릇했기에 이한열은 어찌할 바를 몰라 허둥댔다.

'남자지만 여성스러운 환관들과 함께하는 건 참으로 고역이구나.'

이한열이 속으로 씁쓸하게 중얼거렸다.

그는 원평이 황실 특급 무공 가운데 하나인 규화보전을 익히고 있다는 사실을 알았다.

닭 잡을 힘 하나 없어 보이는 원평은 실상 강기를 줄기줄기 뿜어낼 수 있는 고수였다.

규화보전은 엄청나게 강한 위력을 지닌 무공이지만 치명적인 단점이 존재했다. 거세를 한 환관만이 익힐 수 있다는 것이었다. 게다가 규화보전을 익힐수록 환관의 몸에 여성적인 특징이 드러난다. 목소리가 여성스럽게 바뀌고, 가슴이 두드러지게 나오는 등 신체마저도 변화한다.

일반인들에게 규화보전은 결코 손도 대고 싶지 않은 무공이었다. 그곳에 깊은 깨달음이 있다고 하더라도 말이다.

"앞으로도 종종 책상 청소를 부탁해."

이한열의 능력을 본 원평이 이야기했다.

"최선을 다하겠습니다."

이날 이후, 원평은 책상을 더욱 어지럽혔다.

그리고 그 책상을 이한열은 더욱 깔끔하게 청소했다.

이한열은 청소를 하면서 종이 위에 적혀 있는 정보들을 읽어 나갔다. 황실에서 일하는 관리들의 이야기와 북경 도처에서 벌어지는 수상한 움직임, 북경에 들어선 요주의 인물 등에 대한 정보들이 고스란히 이한열의 머리에 축적됐다.

동창 정보의 방대함은 엄청났다.

매일 엄청난 양의 정보들이 동창으로 몰려들었다.

그렇지만 동창이 수집한 정보의 일부분만 보고 있는 이한열이었다. 진짜 중요하고 알찬 정보들은 아직 볼 수 없었다.

이한열에게 동창의 생활은 참으로 색다른 경험이었다. 학사로서 살아온 그에게 음험하면서 때로는 과격한 동창의 삶은 무척이나 이질적이었다.

하지만 그런 와중에도 이한열은 당황하지 않고 빠르게 일을 배워 나갔다.

넓은 실내에 이한열의 책상과 의자는 여전히 주어지지 않았다. 아직까지 동창의 정식 인원으로 받아들을 수 없다는 반증이었다.

사람들이 모두 열심히 일하고 있는 와중에 이한열 역시 꿋꿋하게 노력했다.

"서고에서 호부상서의 작년 자료를 찾아와."

노력하는 이한열을 힐끔 쳐다본 원평이 지시했다.

이제까지 들어가지 못했던 동창의 서고에 들어갈 수 있게 됐다.

"알겠습니다."

이한열이 빠르게 반응했다.

방 한쪽과 연결되어 있는 서고는 무척이나 중요한 공간이었다. 햇병아리인 이한열이 서고에 들어갈 수 있게 됐다는 건 어느 정도 인정을 받았다는 소리였다.

“서고에서 나오면 너만의 책상과 의자도 있을 거다.”

“감사합니다.”

서고에 가서 자료들을 찾아오라는 심부름이 늘어났다. 환관들은 가만히 앉아서 움직이지 않고 입으로 이한열을 시켰다.

호부상서와 동지중추사의 만남이 늘어나고 있다. 어릴 때의 친분으로 계속 만난다고 하지만 그 만남이 예사롭지 않다. 황실을 전복시키려는 의도를 품지 않았는지 예의 주시할 필요가 있다. 반역의 기미가 보일 때 가족들을 억류하고, 그들의 수족들을 잡아들여야 한다. 이에 대한 대책이 요구된다.

서고에 드나들면서 이한열은 황실과 북경, 그리고 세상에 대해 알아 갔다. 지금까지 그는 먼지가 잔뜩 낀 뿌연 시야로 세상을 살폈다.

“정보를 보니 세상 흘러가는 게 어렴풋이 보이는구나.”

사람들의 단순한 만남에도 의미가 부여됐다.

세상의 모든 움직임 뒤에는 복잡하게 이해관계가 얽혀 있었고, 동창의 정보는 그런 이치를 살피는 것이었다.

장락궁의 원성 황비가 연회를 베풀었다. 석방형, 효암맹, 운정열 등의 고위직 관리가 연회에 참석하여 즐거운 시간을 가졌다. 연회 이후 석방형이 상주국 훈위의 봉작과 식읍 칠천 호를 받았으며, 공신 칭호까지 얻었다. 효암맹이 문하시랑으로 영전했고, 운정열이 선비 출신으로 병부랑중 직위에 올랐다.

제이 황자의 친모 원성 황비가 세력을 더욱 공고하게 만들기 위해 치맛바람을 일으키고 있었다.

"군주 마마를 위협하는 움직임이군."

이한열의 눈빛이 시리게 번뜩였다.

황궁에서 벌어지는 연회 하나에도 흉흉한 권력 다툼이 있었다.

동창의 정보들은 무척이나 훌륭했다.

하지만 때로는 정보들의 연관이 제대로 이어지지 않고 빠져 있었다.

"선비를 병부랑중에 올린 건 유사시 병력을 황궁에 배치하겠다는 의미이다. 황제의 병이 위독해지자 군권을 이용해서라도 다음 황제로 올라서겠다고 외치는 셈이지."

이한열은 정보에 숨겨져 있는 비밀스런 내용을 알아차렸

다.

황궁에서 벌어지고 있는 고급스런 비밀 정보 가운데 하나였고, 이런 사실은 이미 알 만한 사람은 모두 알았다.

이한열도 그런 반열에 올랐다.

그는 서고들에 있는 정보를 닥치는 대로 흡수했다.

많은 걸 보고 익히면 잘할 수 있다는 걸 그동안의 삶을 통해 알았다. 서고의 자료들을 보는 건 이한열에게 있어 무척이나 익숙한 일이었다.

팔락! 팔락!

그는 서고의 책들을 잔뜩 가져다가 책상에 앉아 편안하게 읽었다.

동창의 각종 고급스런 정보들을 보면서 이한열은 막연하게 생각하던 인생의 꿈을 설계해 나갔다.

'고위 관료들이 받아들이는 뇌물이 엄청나구나.'

이한열은 문하시중이 뒤로 받아들이는 뇌물이 어마어마함을 알아차렸다. 막연하게 많다고만 알았던 뇌물의 양이 동창의 정보에 고스란히 드러났다.

문하시중이 받은 돈과 예물 등은 뇌물이기도 했지만 관례에 따라 받는 인사치레이기도 했다.

'높은 곳에 올라가면 나도 받을 수 있겠지.'

그는 당차게 탐관오리의 꿈을 꿨다.

비리와 반역 등을 찾아내야 하는 동창에서 선배 고위 관리들을 보면서 인생의 빛을 발견했다.

'철저하게 비리 사실을 숨겨야 해. 그러면서 관례에 따라 행동했다고 포장을 해야 하는 법이지.'

이한열은 동창과 금의위 등의 서슬 퍼런 감시에서 벗어날 수 있는 방법과 수단을 체득해 나갔다. 동창에서 배우는 모든 것이 앞으로 저지를 비리에 참으로 큰 도움이 됐다.

반짝반짝!

책을 읽어 나가는 이한열의 눈이 번뜩였다.

이한열의 관리직 생활에서 참으로 뜻깊은 시간들이었다.

그의 놀라운 처세술이 선배들의 허술한 대처를 보면서 놀라울 정도로 발전해 나갔다. 이한열은 하루가 다르게 성장하며 그전에 얼마나 허술하게 행동했는지 깨달았다.

그렇게 서고의 정보들에 푹 파묻혀 시간을 보내고 있을 때였다.

원평이 이한열을 불렀다.

"이제 다른 일을 해볼 수 있겠지?"

"물론입니다."

"정보 안에 숨겨진 이치를 밝혀내 봐."

"알겠습니다."

이제야 동창의 요원다운 일을 해보라는 이야기였다.

원평은 오가면서 이한열을 유심히 살펴보았고, 쓸모가 있다고 판단했다.

두근두근!

이한열의 심장이 뛰었다.

새로운 기회였다.

"자네, 한림원 학사이기도 하다면서?"

"그렇습니다."

"한림원 학사와 대학사들, 이름과 신분은 다 외웠나?"

"물론입니다."

윗사람에 대해 재빠르게 아는 것이 바로 아랫사람의 도리였다. 심지어 황궁에 처음 들어온 날까지 낱낱이 외웠고, 그들의 인적 사항도 전부 꿰찼다.

한림원은 조정과 황실을 움직일 수 있는 중요 기관 중 하나였다.

"한림원 학사들에 대해 연구해 보게. 그들의 움직임과 그들이 지지하는 황자들에 대해서 말일세."

꼬장꼬장한 학사들이라고 해도 세상의 흐름에서 벗어나진 못한다. 학사들마다 적극적, 혹은 은근히 지지하고 있는 황자들이 있었고, 그것들이 하나의 거대한 흐름을 만들어 낸다.

혈연과 지연 등으로 들어오지 않는 한 한림원의 학사들은 누구나 어디에 내놔도 빠지지 않는 능력을 지녔다. 배경으로 들어왔다 해도 실력이 없으면 한림원에서 버티지 못했다.

"잘 살펴보겠습니다."

한림원 학사 연구라는 이야기가 이한열의 마음을 설레게 만들었다.

사실 사람을 파악한다는 건 쉽지 않은 일이었다.

열 길 물속은 알아도 한 길 사람의 마음을 짐작하는 건 무척이나 어렵다.

팔락! 팔락!

정보 자료들을 읽으면서 이한열은 한림원 학사들에 대한 조사에 착수했다.

그의 탁자 위에는 많은 서적들이 쌓이기 시작했고, 새롭게 한림원 학사들의 행적과 말들이 꾸준하게 전해졌다. 동창의 막대한 정보력이 이한열의 연구에 지원되고 있었다.

엄청난 정보의 홍수 속에서 이한열의 탐구가 시작됐다.

이한열은 동창의 무지막지한 저력을 다시 한 번 깨달았다.

위수여는 심주 강화현 사람으로, 위인이 단정하고 진실하며 법을 잘 지킨다. 황제 폐하에게 퇴직을 청원하였으나 허락받지 못했다. 한림원 학사들 중에서 나이가 많은 편에 속하며, 그의 가르침을 받은 문하생들이 많다. 문하생들 가운데 검교태위 벼슬을 지닌 전공

지와 상서우복야를 지내고 있는 원주명이 있다.

천주헌은 동주 사산현 사람으로, 하급 관리로 출발하였다. 사람됨이 근실하고 재간이 있으며, 학식이 깊다. 일각에서는 천주헌을 두고 쇠 중에서 쟁쟁 울리는 강철이라 평하기도 한다. 한림원 대학사로 지내며 내사사인을 겸직하고 있다.

한림원 학사들에 대한 단순한 자료 작업들이 지겹도록 이어졌다. 얼핏 보면 대수롭지 않은 내용들이었지만 그 안에는 뼈대와 줄기가 있었다.

이한열은 자료들에서 필요한 부분만을 쏙쏙 뽑아낼 정도로 유능했다.

한림원 시독학사인 천승중은 배우기를 좋아하며 글을 잘 지었다. 과거에 급제하여 상안부록사가 되고 중서주서로 전직되었다가 한림원으로 자리를 옮겼다. 말과 글로 사람을 비방하는 데 탁월하며 극히 탐욕스럽다. 자신을 위협하는 능력 넘치는 인재가 있으면 반드시 중상모략을 일삼는다. 윗사람에게 아부하는 솜씨가 탁월하다. 한림원 좌정언 문극겸이 상소하여 그를 파면시킬 것을 청했으나 황제 폐하가 들어주지 않았다. 문극겸과 전원지간의 사이이다.

채홍재의 자는 령여이며 하남성 직산현 사람이다. 무관집 자식인 그는 강호 오대세가인 남궁세가에서 무공을 사사했다. 힘내기를 좋아하고 말 타기를 즐기는 그가 조상의 공훈 덕에 한림원에 들어섰다. 학문이 무공에 비해 부족한 편이지만 가문과 좋은 성품 덕에 한림원에서 잘 지내고 있다.

"무림 세력이 황실에까지 파고들었구나."

이한열이 중얼거렸다.

암묵적으로 관과 무림이 상호 불가침이라고, 그건 쉽게 통하지 않는다. 한곳에서 살아가며 자연스럽게 섞이기 마련이었다. 관에서는 항상 무림의 움직임을 예의 주시하였고, 무림에서도 관의 동태에 신경을 썼다. 차기 황제를 노리면서 벌어지고 있는 황자의 난에는 무림까지 뛰어들어 이전투구를 벌였다.

"무림이 권력까지 탐하고 있어. 하긴 사람이라면 욕심이 날 수밖에 없겠지."

협과 의를 부르짖는 강호 무림인들도 세상에서 살아가는

사람들이었다. 살기 위해 돈이 필요했고, 어떻게든 가문과 소속 문파를 키우려고 노력하였다. 인재와 돈 등은 한정되어 있기에 다툼이 끊이지 않는다.

황궁은 세상의 축소판이다.

세상을 열심히 살아가는 욕심 넘치는 사람들이 황궁에서 치열하게 다툰다. 다툼은 필연적으로 파벌을 만들고, 파벌 사이에 피를 흘리게 만든다.

"후후후! 상당수의 한림학사들이 겉으로는 깨끗한 척하면서 뒤로는 뇌물을 착복하고 있어. 황실 요직에 앉아 커다란 권력을 차지하기 위해 날뛰는구나."

탐욕스런 이치에 눈을 뜬 문화가 이한열에겐 참으로 충격적이었다.

환관 원평이 신경을 써줬기에 이한열은 별 볼 일 없는 심부름꾼에서 동창의 요원으로 점차 성장해 나갔다. 절호의 기회를 잡아서 나날이 나아지고 있는 것이다.

그렇지만 모두가 이한열을 좋게 보는 건 아니었다.

"운이 좋아서 들어온 하룻강아지."

이한열을 바라보는 오중정 환관의 시선은 싸늘했다.

그는 환관들이 활동하는 동창에서 일하는 이한열을 마땅치 않게 여겼다. 주수선 황녀의 지시로 마지못해 함께하고 있지만 싫은 티를 팍팍 냈다.

"원평 공! 도대체 왜 저런 자에게 동창의 정보를 주고 일을 시키는 것이오?"

"자고로 아랫사람은 윗사람의 분부를 따라야지요."

원평이 입가에 미소를 지으며 말했다.

"차라리 다른 환관들을 데리고 오는 편이 훨씬 낫겠소."

"……."

이한열은 가만히 서 있었다. 오중정의 멸시 어린 시선에도 불구하고 그의 표정에는 변화가 없었다. 무시와 핍박은 오늘의 이한열을 있게 한 원동력이었다.

이한열은 보란 듯이 성공할 준비가 되어 있었다.

'오늘의 일을 기억해 두마.'

이한열이 속으로 다짐했다.

오중정은 황제 측근의 고관과 연결을 다져 권세를 부릴 궁리를 하고 입에 발린 말과 아첨으로 공공의 위치에까지 올랐다. 그리고 규화보전을 익히고 있는 그의 무위는 실로 뛰어났다.

"이한열 진사를 데리고 일을 시키는 것이 딱히 어려운 일은 아니오. 도대체 왜 그를 눈엣가시처럼 불쾌하게 바라보는 것인지 이해를 못하겠소."

원평이 나지막한 음성으로 이야기했다.

그의 눈빛은 나른해 보였지만 그 안에서 실로 음험한 기운이 넘실거렸다. 원평도 오중정과 마찬가지로 규화보전을 익힌 황실의 숨은 고수였다.

원평은 황태자를 지지하는 환관이었고, 오중정은 제이 황자를 차기 황제로 밀었다.

오중정의 입장에선 주수선과 연결된 이한열이 불쾌한 존재일 수밖에 없었다.

"나도 사람을 뽑아 동창으로 데려오겠소."

오중정이 화를 내며 밖으로 나갔다.

황제와 황족을 위해 일한다는 동창 안에도 파벌이 만연해 있는 실정이었다. 황족들과 고관대작들이 저마다 자기 사람을 만들기 위해 동창에 사람을 투입하고 있었다.

황궁에서 벌어지는 문제가 너무나도 크고 많아 어디에 손을 대기도 어려웠다.

잘못 건드리면 금방이라도 터질 듯한 분위기였다.

황자의 난이 불러일으키고 있는 다툼은 내전으로 번져 갔다. 일부 깨어 있는 학자들과 세상의 흐름에 정통한 사람들이라면 능히 짐작할 수 있었다.

"클클클! 여전히 성질이 더러워. 그 성질머리로 계속 살아남을 수 있을지 모르겠어."

원평이 기묘한 웃음을 터트렸다.

닭 잡을 힘 하나 없을 것 같아 보이는 그에게서 진한 살기가 흘러나왔다. 음험한 살기의 기운이 비수처럼 날카롭게 번뜩거렸다.

황실과 조정에서 사용되는 상당수의 정보가 바로 동창을 통해 이뤄진다. 정보의 중요성을 알기 때문에 많은 사람들이 동창의 힘을 차지하려 했다.

그런 다툼으로 인해 동창은 움직임이 제한됐다. 불협화음으로 인해 강력한 힘을 가진 동창이 점차 구렁텅이에 빠지고 있었다.

第十章
혈혼피

이한열은 개인적으로 수중에 들어오는 돈의 구 할을 무공 수련에 쏟아부었고, 대부분 산삼과 천산설련 등의 영약을 구하기 위해 노력했다.

영약들의 가격은 무척이나 비쌌지만 그렇다고 영약을 구매하는 데 망설이진 않았다.

과감하게 있는 돈을 투입했다.

오중정에게 무시를 당하고 난 뒤 이한열은 성공 가도를 향해 달려가는 마음을 더욱 굳게 먹었다.

'달리는 호랑이 등에 올라탄 상황이다. 여기서 떨어지게 되면 돈은 필요 없어. 어깨 위의 머리가 잘려 나갈 테니까.'

이한열은 황자의 난에 본격적으로 발을 들여놓았다. 황태자파에 속했다고 다른 황자 진영의 사람들에게 낙인찍혔다. 돈을 아끼다 죽으면 그야말로 닭 쫓던 개 지붕 쳐다보는 꼴이었다.

'돈은 쌓지 말고 굴려야 한다. 자신에게 투자하는 것이 가장 잘 굴리는 방법 가운데 하나이다.'

그는 잘 살기 위해 돈을 벌었지, 돈의 노예가 될 생각은 없었다. 그가 황자의 난에서 살아남기 위해서는 무위를 더욱 높여야만 했다.

황실에서, 그리고 인생에서 낙오되지 않기 위해 배수진을 쳤다. 자신이 가진 모든 걸 투자해서 앞으로 꿋꿋하게 나아갔다.

그리고 남은 돈의 일 할은 주변 사람들을 위해 사용했다.

주자소의 일꾼들 가운데에는 여전히 돈이 부족해서 허덕거리는 사람들이 있었다. 예전에 비해 많은 돈을 벌긴 하지만 북경에서의 삶은 호락호락하지 않았다.

가장 많은 지출은 바로 자식들의 학비였다.

공부를 하기 위해서는 많은 돈이 필요했기에 가난한 사람들은 공부로 성공하기 어려웠다.

"공부 잘하라고 해."

"정말로 감사합니다."

“정말로 감사하면 자식이 향시에라도 붙도록 만들어.”

“그렇게 하겠습니다.”

주자소의 사람들과 친인들이 이한열의 도움을 받았다.

장학금!

학문을 권장하는 돈으로 인해 이한열에 대한 칭찬이 주자소에서 찌를 듯이 높아졌다.

이렇게 되자 이한열을 좋게 보는 사람들이 더욱 늘어났다. 아랫사람들에게 이한열은 배려심이 많은 상관으로 소문났다.

자고로 위로 올라가기 위해서는 아랫사람들을 잘 단속해야 하는 법이다. 밑에서의 탄탄한 뒷받침이 없으면 위에서 금방 꼬꾸라지기 마련이었다.

‘적은 돈으로 큰 효과를 낼 수 있지. 사람들의 인망을 얻을 수 있어.’

이한열이 낮은 신분의 사람들을 챙기는 건 그만큼 더 얻고 싶었기 때문이다.

‘어떤 놈들이 나에 대해 나쁜 소리를 하면 돈 받아먹은 사람들이 크게 반발할 거야.’

이한열이 웃었다.

편하고 즐거우면서 고귀하게 살려는 그를 끌어내려고 하는 자들이 황궁에 점차 늘어났다. 그에 대한 반대급부로 이한열도 적들을 용서할 생각이 없었다.

"박살을 내주마."

이한열이 열의를 다졌다.

자신만의 힘을 다지는 이한열은 아랫사람들을 챙기는 한편 무공 수련에 열중했다.

학사라면 지식과 지혜를 뽐내겠지만 무인에게 있어 무력은 곧 진리였다. 강한 무력으로 상대를 압살할 수 있어야 했다.

오중정의 무력 앞에서 이한열은 나약했다.

지금 그에게 필요한 건 오중정 앞에서도 밀리지 않는 힘이었다.

"우선 오중정을 넘어서는 걸 목표로 잡자. 동창의 고수인 그를 이기면 나도 어엿한 황궁 고수로 인정을 받는다."

이한열은 자신을 멸시한 오중정을 이기고 싶었다.

거금을 쏟아부어 영약을 구입한 이한열의 육체가 점차 진화해 나갔다. 영약의 힘을 빌리자 자연스럽게 육체가 좋아졌고, 외문무공도 점차 발전했다.

"요즘 바쁜 모양이야? 좀처럼 보기가 힘들어."

주수선이 이한열을 찾아왔다.

"네. 영약을 구하기 위해 돌아다녔습니다."

이한열이 사실대로 대답했다.

"무슨 돈으로 영약을 샀어?"

주수선이 약간 놀란 표정을 지었다.

"제 사업체들과 거래처에서 들어오는 사례비 등을 모아서 구하고 있습니다."

"의외네."

"저도 쓸 때는 씁니다."

그녀가 대견하다는 표정으로 이한열을 바라보았다.

강해지고자 하는 일념으로 악착같이 모은 돈을 팍팍 쓴다는 건 쉽지 않았다. 막상 쓰려고 하면 아깝게 느껴지기 때문이었다.

주수선의 위치에서 볼 때 이한열은 가난했다.

그런 가난뱅이가 강해지고자 노력하고 있으니 치하함이 마땅했다.

"영약을 구하는 데 보태."

그녀가 전낭을 꺼내 통째로 건넸다.

슥!

그의 손에 들어온 전낭의 무게가 상당했다.

"보석과 패물들이 있으니까 도움이 될 거야. 영약을 구하는 데 있어 간간이 지원을 해줄게."

"감사합니다."

황녀가 가지고 있는 보석과 패물의 가치는 뛰어나다.

시중에서 팔면 그 가치가 엄청나리라!

전낭의 보석과 패물은 이제까지 이한열이 벌어들였던 돈보다 더욱 많은 가치가 있었다. 이런 돈을 간간이 지원해 준다니 이한열로서는 감격할 따름이었다.

"지금 수준의 너에게 영약은 무척이나 소중하겠지."

"먹을 때마다 튼튼해지고 기력이 증가하는 걸 느낄 수 있습니다."

돈 많은 물주를 만난 이한열이 즐거워했다.

더욱 좋은 영약들을 구할 수 있게 된 그는 이제 거침이 없었다. 돈이 생길 때마다 영약들을 팍팍 구입하면 됐다. 세상의 중심인 북경에는 영약들이 넘쳐났다.

"신기한 걸 발견했어."

주수선이 어린아이처럼 좋아했다.

"무엇입니까?"

이한열이 물었다.

슥!

주수선의 손에 삼베로 만든 것처럼 거친 천이 모습을 드러냈다.

"천인가요?"

"혈우마령이라는 사파에서 특수한 공법으로 만든 인공 피막이야."

"피막이요?"

"오랜 시간 사람들의 피와 피부조직을 먹으면서 만들어졌어. 이걸 만들기 위해 대략 삼천 명의 사람들이 죽어 나갔다고 해. 놀랍지?"

"피와 원혼을 머금고 자란 물건이군요."

"혈혼피라고 불러."

혈혼피는 원 황실의 황궁보고에서 그대로 명의 황궁보고로 전해진 물건이었다. 그냥 볼 때는 단순한 천처럼 보이지만 참으로 사악한 혈혼피였다.

"혈혼피는 신체에 녹일 수 있는 마병이지."

"몸에 이식한다는 소리인가요?"

"혈혼피를 이식하면 수화불침과 도검불침의 피부를 얻을 수 있어. 그리고 외부에서 전해지는 충격까지 감소시킬 수 있는 효능이 있지."

"참으로 놀랍군요."

"하지만 혈혼피를 받아들이다 목숨을 잃을 수도 있어. 지금까지 도전했다가 죽은 사람의 숫자만 해도 열 명이 넘지."

뛰어난 능력을 지닌 혈혼피는 주인을 가렸다.

"헉!"

이한열이 살짝 놀란 표정을 지었다.

혈혼피를 받아들일 정도면 뛰어난 재능을 지녔던 사람들이라는 이야기였다. 열 명이 넘게 죽고 난 뒤 혈혼피는 황궁

보고 한쪽에 처박혔다. 먼지만 쌓이고 있는 혈혼피를 주수선이 밖으로 가지고 나온 것이다.

"혈우마령 문파는 배교 삼대 조사에게서 나뉜 한 갈래야."

"혈혼피는 천인혈골과 비슷한 것이군요."

"맞아."

주수선이 고개를 끄덕였다.

"천인혈골을 몸에 받아들인 너라면 혈혼피도 문제없을 수 있어."

"하지만 실패할 가능성도 있고요."

"그래."

"실패하면 어떻게 되나요?"

"혈혼피가 사람을 잡아먹어. 피와 뼈, 근육 등을 혈혼피에게 빼앗기게 되지."

주수선이 실소를 흘렸다.

"……."

이한열은 말없이 탁자 위에 놓인 혈혼피를 바라보았다. 투명한 붉은빛을 뿌리고 있는 혈혼피가 요사하게 번뜩거렸다.

"혈혼피를 받아들일 생각이 있어?"

"잠시 생각할 시간을 주십시오."

목숨을 걸어야 한다는 생각에 이한열이 심사숙고했다.

죽을 수도 있었다.

혈혼피를 차지하려다가 목숨을 잃은 사람들은 모두 이한열보다 뛰어난 무력과 능력을 지녔었다. 그런 사실을 주수선이 친절하게 알려 줬다.

"죽은 열 명의 황궁 고수들은 모두 강기를 뿌릴 수 있는 무인들이었어."

"……."

이한열의 미간이 찌푸려졌다.

그보다 능력이 좋았던 무인들도 모두 죽었다. 그들에 비해 이한열이 나은 점이라고 한다면 천인혈골을 받아들였다는 사실뿐이었다.

배교와 연을 이었기에 혈혼피도 받아들일 가능성이 분명히 있었다.

하지만 결코 장담할 순 없었다.

배교에서 갈라진 혈우마령에서 만든 혈혼피였다.

배교의 마병 제작과 다른 점이 있다면 이한열의 목숨이 물거품처럼 가볍게 사라질 수도 있었다.

이한열의 고뇌가 길어졌다.

"질기면서 탄력이 넘치는 혈혼피는 강기로도 자를 수 없어."

주수선이 웃으며 말했다.

이한열의 표정이 심각하게 굳어졌다.

'알고 있었구나.'

오중정과 다툼이 발생했다는 사실을 인지한 주수선이 혈혼피를 황궁보고 밖으로 가지고 나온 것이었다.

스팟!

이한열의 눈에 독기가 어렸다.

남자는 때로 목숨을 걸어야 하는 때가 있는 법이었다.

두근두근!

이한열의 심장이 강렬하게 뛰었다. 동시에 말로 표현하기 힘든 묘한 기운이 전신을 치고 내달렸다. 위험천만한 선택을 앞뒀지만 은연중에 몸이 혈혼피를 원하고 있었다.

'천인혈골이 혈혼피과 공명하는 것이다.'

이한열은 내심 확신했다.

말로 표현할 수 없지만 심장이 박동하는 소리가 마치 이야기를 하는 것처럼 느껴졌다.

"하겠습니다."

"역시 남자야."

주수선이 밝게 웃으며 좋아했다.

'먹고 싶다.'

혈혼피를 바라보는 이한열의 눈에 탐욕이 어렸다. 씹어서 삼킬 것처럼 강렬한 식욕이 튀어나왔다.

"어떻게 혈혼피를 받아들입니까?"

"뒤집어쓰면 돼. 참 쉽지?"

"그렇군요."

이한열이 혈혼피를 손에 들었다.

찌릿!

따끔한 감촉과 함께 손이 상쾌했다. 혈혼피에 스며들어 있는 힘이 육체와 좋게 반응했기 때문이다. 마치 원래의 몸에 돌아오기 위한 감응처럼 느껴졌다.

스읍!

제자리에 선 이한열이 혈혼피를 머리에서부터 발끝까지 뒤집어쓰기 시작했다. 목숨이 달린 일이었지만 한번 작정한 그의 움직임에는 거침이 없었다.

"크윽!"

혈혼피를 쓴 이한열이 몸을 동그랗게 움츠렸다.

스르륵! 스르륵!

혈혼피가 피부에 찰싹 달라붙으면서 강렬한 압박을 일으켰다. 마치 엄청나게 큰 거인의 손이 이한열의 전신을 쥐어짜는 듯했다.

뿌드득! 뿌드득!

전신의 뼈와 근육들이 뒤틀렸다.

근육들이 마구 요동쳤고, 뼈들이 제멋대로 움직였다.

이한열의 얼굴 표정이 휴지처럼 형편없이 구겨졌다.

"버텨!"

주시하고 있던 주수선이 일갈했다.

이한열에게서 일어나고 있는 현상이 참으로 위험했다. 지금까지 목숨을 잃어버린 황궁 무인들의 과정이 지금 이한열에게 그대로 펼쳐지고 있었다.

"으으윽! 윽!"

악다문 입술 사이로 신음이 새어 나왔다.

쩌저적! 쩌저적!

매끄럽던 피부가 찢어지면서 붉은 핏물이 흘러나왔다.

주르륵! 주르륵!

흘러내린 핏물이 혈혼피를 더욱 붉게 물들였다.

불개미들이 전신을 마구 파먹는 듯한 흉악한 통증이 이한열의 전신을 치달렸다.

그 지독한 통증을 독기 어린 이한열이 꼿꼿하게 서서 버텼다.

파르르! 파르르!

이한열의 몸이 금방이라도 쓰러질 것처럼 요동쳤다.

혈혼피는 그의 목숨을 위협하는 동시에 더욱 강해질 수 있는 기회를 제공하고 있었다.

'잘 살고 싶어.'

이한열은 행복한 인간이 되고 싶었다.

적당히 만족하고 살아간다면 무공을 익히지도 않았을 것

이다. 다시 돌아가서 선택하라고 해도 그는 혈혼피를 몸에 뒤집어썼을 게 분명했다.

주르륵! 주르륵!

흘러내리는 핏물이 더욱 많아졌다. 너무 많은 피를 흘리자 시야가 흐릿해졌다. 이대로 시간이 지나면 죽을 수도 있겠다는 생각까지 들었다.

'나는 성공한다.'

이한열은 자신의 선택에 대해 믿었다.

쓰러져 가는 정신을 일으켜 세웠고, 휘청대던 몸을 꼿꼿하게 바로잡았다.

스르르! 스르르르!

붉은색의 혈혼피가 점차 이한열의 피부색으로 변하기 시작했다. 혈혼피를 육체가 받아들이고 있었다. 하지만 그 속도가 무척이나 느렸다.

'됐다.'

아픈 와중에도 이한열은 새로운 전기가 마련됐다는 사실을 깨달았다. 그러자 아픔이 무턱대고 고통스럽지만은 않았다. 지금의 고통이 그를 더욱 단단하게 만든다는 진실을 잘 알았다.

이한열이 고통을 즐겼다.

스으으! 스으으!

혈혼피에서 튀어나온 기운들이 피부를 뚫고 이한열에게로 전해졌다. 근육과 뼈, 혈관과 피를 타고 휘감아 돌았다.

우우우우! 우우우웅!

천인혈골이 울부짖었다.

이한열은 천인혈골에 대해 잘 알지 못했다.

천인혈골은 그에게 있어 미지의 세계였다.

이한열이 그런 천인혈골의 움직임에 집중했다.

'혈혼피의 기운과 천인혈골이 공명하고 있어.'

천인혈골이 조금씩 힘을 내고 있었고, 혈혼피가 그에 따라 움직였다. 두 마병의 기운이 자유롭게 교류하였다. 그것들이 살아서 꿈틀거렸다.

'이것들은 영성을 지녔다.'

이한열은 그것을 느끼고 깨달았다.

'마병들과 영혼의 대화를 나눠야겠어. 그러기 위해서는 먼저 배교에 대해 알아야 한다.'

이한열이 본능적으로 깨달았다.

배교에는 마병들에 대한 체계적인 제작 방법과 교감 방식이 있음이 틀림없다. 마병들이 배교의 무인들에게 힘을 주고, 또 도와준다. 마병들과 배교인들은 서로에게 생명을 불어넣어 준다.

혈혼피를 제작한 혈우마령 문파는 배교의 전통적인 방식

을 따르면서 색다른 교감 방식을 가미하였다. 교감 방식이 달라지면서 이한열에게 위기가 찾아왔던 것이다.

꾸욱!

혈혼피를 받아들이는 방식을 고통과 함께 어렴풋이 체득한 이한열이 몸에 힘을 주기 시작했다. 의식적으로 움직이자 어렴풋하던 느낌이 확실하게 잡혔다.

고통 속에서 그가 가르침을 하나하나 배워 나갔다.

참으로 무식한 학습 방법이었지만 그것이 무척이나 머릿속에 쏙쏙 들어왔다. 아픈 만큼 성숙한다는 가르침은 진실이었다.

혈혼피와 천인혈골에 대한 개념을 잡아 가며 이한열은 쑥쑥 성장했다. 확실하게 안다고 말할 수는 없어도 배교의 마병이 무엇인지 인식 영역의 한계를 넓혀 나갔다.

이한열이 마병들에 대해 무작정 파고들었다.

혈혼피와 천인혈골이 만나며 기연이 발생했고, 기연 안에서 이한열의 의식이 여기저기를 돌아다니면서 챙길 걸 박박 끌어들였다.

스으으! 스으으!

다쳤던 피부에 새살이 빠르게 돋아났다.

혈혼피가 이한열의 몸에 완벽하게 이식됐다.

그와 동시에 전해져 오던 배교의 가르침들이 눈 녹듯이 사라졌다. 일반적인 문파와는 전혀 다르다는 걸 배교의 마병들이 여실하게 보여 줬다.

방금 전에 벌어졌던 과정을 되돌아보면서 이한열은 더욱 많은 가르침들을 건지기 위해 노력했다.

그때였다.

피이잉!

날카로운 소성과 함께 한 자루 비수가 날아들었다.

"허억!"

심장을 향해 날아드는 비수를 본 이한열이 기겁했다. 상념에 빠져 되돌아보던 그였기에 반응이 느렸다.

퍼억!

요란한 소리가 일어났다.

그런데 비수가 이한열의 심장에 박히지 않고 튕겨졌다.

"훌륭해!"

주수선이 감탄했다.

잘못하면 죽었을 수도 있다고 느낀 이한열이 주수선을 흘겨보았다. 하지만 기분이 불쾌하지는 않았다. 주수선이 힘을 조절해 비수를 날렸기 때문이다.

"덕분에 훌륭해졌습니다."

이한열이 고개를 숙였다.

확실히 몸에 힘이 넘치고 있었고, 도검불침의 능력이 독보적이었다. 결코 눈에 보이지 않는 피부색으로 바뀐 혈혼피가 놀라웠다.

이제 그는 도검을 두려워할 필요가 없었다.

"이제야 그럭저럭 때릴 만하겠어."

주수선이 이한열의 전신을 야릇하게 바라보았다.

사실 그간 이한열을 상대하면서 그녀가 받는 화는 상당하였다. 나약한 이한열이 죽지 않도록 손속에 많은 신경을 써야 했기 때문이다.

하지만 혈혼피를 이식한 이한열이라면 강기까지 줄기줄기 뿜어내는 것이 가능했다.

이것이 그녀가 이한열에게 혈혼피를 준 가장 큰 이유였다.

"대련하자."

그녀의 몸에서 강렬한 투기가 넘실거리며 벌써부터 이한열을 마구 압박해 들어왔다.

"좋습니다."

이한열도 새롭게 얻은 혈혼피의 효능을 확인하고 싶었다. 혈혼피와 천인혈골 사이의 교류를 통해 인지한 배교의 힘까지도 펼칠 생각이었다.

힘껏 싸울 수 있는 주수선과의 대련은 이한열을 성장시키는 자양분이었다.

그녀와 그의 눈동자가 투기로 강렬하게 빛났다.

第十一章

허은영

이한열은 일찌감치 아침을 먹고 황궁으로 향했다.

저벅저벅!

그의 발걸음이 가벼웠다.

주자소 부정자였던 그의 신분이 이제 한림원의 정육품으로 바뀌었다. 한림원 학사에다 동창의 신분까지 함께 제수된 것이다.

신분이 바뀌니 주변 환경도 덩달아 변했다.

북경으로 상경해 성공하겠다고 마음먹었던 일들이 주마등처럼 떠올랐다. 가난한 집안에서 태어나 못 먹고 힘들게 살았던 기억들이 생생했다.

'고향의 부모님에게 알려 드려야지.'

한없이 그리운 부모님의 얼굴이 그의 눈앞을 스치고 지나갔다.

'여기가 끝이 아니야.'

그는 주먹을 불끈 쥐었다.

성공에 대한 욕심과 열정은 아직 식지 않았다. 아니, 오히려 더욱 배가 고팠다. 올라가야 할 단계가 아직도 많이 남아 있었다.

'이제 든든한 배경도 생겼다.'

주수선 황녀가 이한열에게는 참으로 튼튼한 동아줄이었다. 주수선을 꽉 움켜잡고 있으면 하늘까지 올라갈 수 있었다.

저벅저벅!

이한열이 그렇게 과거와 미래를 떠올리며 걷고 있을 때였다.

툭!

화려한 관복을 입은 노인이 이한열의 어깨를 가볍게 두드렸다.

슥!

이한열이 빠르게 뒤돌아보았다.

"입궐하시는 길입니까, 허인균 대학사님?"

이한열은 허리를 굽혀 인사했다.

허인균은 한림원의 대학사로, 이한열보다 신분이 높았다.

절강성 수주 안산현 사람으로 성품이 부지런하고 검박하였고, 전대 황제 때는 견관승으로 임명되었다가 현 황제 초년에 한림원 대학사로 부임했다.

"자네는 항상 열정적이군. 참으로 보기가 좋으이."

"좋게 봐주셔서 감사합니다."

이한열이 웃으며 대답했다.

예전에는 마주쳐도 그에게 말 한마디 걸어 주지 않던 허인균이었다. 황궁에서 일하는 사람들에게도 신분 차이가 극명했고, 허인균은 높은 곳에서 고고하게 활동했다.

그런데 지금은 허인균이 먼저 다가왔다.

허인균이 먼저 말을 걸 만큼 이한열의 신분이 높아졌다는 반증이었다.

"함께 입궐하세나."

허인균이 이한열을 바라보며 말했다.

"그리하시지요."

"자네같이 젊고 뛰어난 학사가 한림원에 와서 내 마음이 든든하다네. 이 나라의 장래를 튼튼하게 하는 건 바로 젊은 이들이라네."

"무슨 말씀이십니까? 대학사님처럼 뛰어난 지혜와 고견을 가진 분들이 있어서 황실과 백성들이 편안한 것입니다."

"나의 얼굴에 너무 금칠을 하는군. 욕이라고 오해를 할 수도 있겠어."

허인균이 짐짓 얼굴을 찌푸렸다.

"능력이 특출하셨기에 과거에 견관승까지 오르셨던 것이지요. 그리고 후학들을 위해 헌신하겠다며 견관승 자리를 내치고 한림원에 들어오셨잖습니까. 후학으로서 감사할 따름입니다."

"허허허! 내가 무슨 일을 하였다고 이러는 것인가."

말로는 아니라고 하지만 그의 얼굴엔 자랑스러운 기색이 역력했다.

'훗! 과거 줄을 잘못 섰다가 쫓겨났으면서 잘난 척하기는…….'

동창에서 보았던 허인균의 자료 내용을 떠올린 이한열이 속으로 웃었다. 하지만 그런 감정을 겉으로 드러낼 정도로 어수룩하진 않았다.

이한열은 웃는 얼굴로 허인균과 함께 발걸음을 떼어 놓았다.

"자네! 아직까지 혼인을 하지 않았지?"

"예, 아직 인연을 찾지 못했습니다."

"많이 늦었군."

“공부를 하다 보니 시간이 많이 지났습니다. 그리고 아직까지 해야 할 공부가 많이 남았습니다.”

“공부는 평생 해야 하는 것이고, 하루라도 빨리 가정을 이뤄 부모님과 조상님들을 기쁘게 해드려야겠군. 집에서는 아무 말씀 없으신가?”

묘한 눈빛으로 이한열을 바라보는 허인균이었다.

“부모님께선 제가 혼인을 했으면 하고 바라시지만 인연이란 것이 쉽게 오는 것이 아닌 모양입니다.”

조혼도 많은 시기였기에 이한열의 결혼 적령기는 이미 지났다. 고향에서 몇 번의 혼담이 있었지만 이한열이 모두 거절했다. 진사의 신분이 된 뒤에 고향의 혼담은 모두 그의 격에 맞지 않았다. 좋은 여인과 혼인을 하고 싶은 마음이 없지 않았으나 눈을 낮춰 가면서까지 하기는 싫었다.

“조카딸이 있는데 한번 만나 보겠나? 직접 말해서 그렇기는 하지만 아름답고 참한 아가씨라네.”

허인균이 직접 중신을 섰다.

황궁에서 이한열의 가치는 계속 오르고 있었고, 그런 사실을 누구보다 허인균이 잘 알았다. 황족에게 귀여움받는 사람은 큰 권력을 쥔 것이나 마찬가지였다. 주수선 황녀의 눈에 쏙 든 이한열은 생각보다 큰 힘을 지녔다.

이한열의 가문이 조금 떨어지기는 하지만 허인균의 조카딸과 혼인을 맺기에는 나쁘지 않았다. 아니, 오히려 조카딸에게 이득이었다. 그리고 그 이득은 다시 허인균에게로 이어질 터였다.

노회한 허인균이 볼 때 이한열은 어디에 내놔도 빠지지 않는 신랑감이었다.

"만나 보겠습니다."

이한열이 당당하게 말했다.

그에게 있어서도 허인균 명문가의 조카딸이라면 나쁘지 않은 상대였다.

입신양명의 길에 들어선 그는 사실 옆구리가 시렸다. 북경에서 홀로 지내며 어느 틈엔가 가슴속에 외로움이 생겼다. 언제부터인가 아름다운 여인들에게 더욱 시선이 갔다.

남자가 여자를 원하는 건 자연스런 이치였다.

이한열은 그런 자연스러움에 역행하지 않았다.

부귀영화를 누리려고 하는 과정에는 아름다운 여인도 포함됐다. 그리고 아름다운 여인의 집안이 좋다면 금상첨화였다. 사람에게 있어 가문은 결코 떨어질 수 없었다. 그렇기에 결혼을 가문과 가문의 결합이라고 하기도 한다.

"사내대장부로군."

시원하게 대답한 이한열을 보면서 허인균이 좋아했다.

이한열과 조카딸이 혼인하게 되면 황궁에서 허인균의 위치가 더욱 공고해진다. 그리고 이한열의 배경도 튼튼해진다.

이한열은 허인균의 조카딸과의 만남이 기대됐다.

"인연이 오기를 기다렸을 뿐이지요."

"허허허! 당연히 선연으로 이어지지 않겠는가! 쇠뿔도 단김에 빼랬다고, 오늘 퇴청하고 만나기로 하세나."

"그렇게 하겠습니다."

이한열의 대답에 허인균이 좋아했다.

이한열은 입궐한 뒤에 오늘 만나게 될 여자에 대해 조사했다.

"계란형의 미인이라! 청순가련하다는 칭찬이 자자한 규수라니 기대가 되는군."

동창의 방대한 정보 자료에는 허인균의 조카딸 허은영에 대해서도 기록되어 있었다. 허인균의 동생인 허세한의 셋째 딸 허은영은 미인인 데다가 성격도 좋다고 알려져서 좋은 신붓감으로 인기가 높았다.

"자! 가세나."

"따르겠습니다."

"조카딸이 꽃단장을 하고 기다리고 있다고 하네."

허인균은 벌써부터 이한열이 조카사위가 된 것처럼 여기고 있었다.

"기대됩니다."

이한열이 말했다.

두근두근!

아름답고 성격 좋은 여인을 만난다고 생각하자 절로 심장이 강렬하게 뛰었다. 이한열은 설레는 마음으로 걸음을 재촉했다.

고래 등처럼 크고 우아한 저택들이 즐비한 곳에 허세한의 집이 있었다.

"이 진사를 여기까지 친히 오시게 해서 죄송합니다."

문 앞까지 나와 있던 허세한이 이한열을 반겼다.

허세한은 정육품인 이한열을 가만히 맞이할 수 없었다.

"아닙니다. 제가 당연히 찾아와야지요."

이한열이 자신을 낮췄다.

하지만 그 안에는 당당함이 보였다.

딸의 배필로 맞이하는 건 당연히 그의 능력이 되기 때문이었다. 문 앞에서 맞이하는 대접을 이한열은 이미 예상했다.

황실의 정육품 관리인 데다 동창 신분인 이한열은 이제 어디를 가나 지극한 대우를 받기 충분하였다.

"여기서 이럴 것이 아니라 안으로 들어가시지요."

허세한이 말했다.

"감사합니다."

이한열은 허세한의 뒤를 따랐다.

"황녀께서 특별히 아끼시는 인재이니 각별하게 모셔야 하네."

허인균이 한마디 툭 내뱉었다.

알아서 잘 모시라는 이야기였다.

"명심하겠습니다."

허세한이 고개를 끄덕이며 대답했다.

고풍스런 방에는 산해진미가 가득 쌓인 상이 떡하니 놓여 있었다. 군침을 절로 삼키게 하는 음식 냄새가 참으로 향긋했다.

"참으로 방의 분위기가 좋군요. 수수하면서도 고결한 품격이 느껴집니다."

이한열이 방을 둘러보며 말했다.

아름다운 정원이 보이는 방에는 족자와 그림이 있었다. 고결한 선비와 대가들의 향기가 느껴지는 족자와 그림들이었다.

"좋게 봐주셔서 감사합니다."

"하하하! 자네라면 알아볼 줄 알았네."

"아직 많이 부족합니다."

이한열과 허인균, 허세한이 대화를 나눴다.

은은한 향기가 나는 술을 마시면서 서로를 알아 가는 시간이 길어졌다.

그때였다.

은은한 향기가 방으로 전해져 왔다.

"제 셋째 딸 허은영입니다. 직접 말하기는 부끄럽지만 어디에 내놔도 빠지지 않는 아이라고 생각합니다."

허세한이 말했다.

문 앞에는 아름다운 여인이 단아하게 서 있었다.

살포시 눈을 내리깐 여인이 순백의 옷을 입고 있었는데, 마치 한 송이 눈처럼 새하얀 이였다. 칠흑처럼 검은 머릿결이 무척이나 탐스러웠다.

그때였다.

다소곳한 여인의 눈동자가 이한열을 바라보았다.

"대인! 허은영이라고 합니다."

그녀의 목소리가 낭랑했다.

'예쁘기는 하군. 하지만 경국지색까지는 아니야.'

이한열이 허은영을 평했다.

아름다운 얼굴이기는 하지만 기루에 가면 그녀만 한 얼굴을 찾기란 어렵지 않았다. 기녀에서 아름다운 여인들을 많이 만나 본 이한열은 눈이 매우 높아져 있었다.

"이한열이오."

이한열이 입가에 미소를 지었다.

"무얼 하고 있느냐? 어서 와서 술 한 잔 올리어라."

허세한의 말에도 허은영은 움직이지 않았다.

"처음 보는 외간 남자에게 소녀가 감히 어떻게 술을 올리겠어요."

깔끔하게 말하는 그녀는 한 점의 흐트러짐이 없었다.

처녀가 남자에게 술을 올리는 데는 무척이나 큰 의미가 있었다. 여인은 자신을 책임질 수 있는 남자에게만 술을 올릴 수 있었다.

그것이 법도였다.

허세한은 이 자리에서 이한열과 연을 맺겠다는 의미에서 이야기한 것이고, 허은영은 그걸 쉽게 받아들일 수 없다고 반발했다.

"어허! 무슨 소리를 하는 것이냐?"

"인사가 먼저가 아니겠느냐?"

허인균과 허세한이 당황했다.

이한열이 오기 전 신신당부를 했는데도 허은영은 딴소리를 하고 있었다.

"아버지! 소녀는 대인과 이야기를 먼저 나눠 보고 싶어요."

허은영이 당차게 말했다.

자부심이 남다른 그녀는 아버지의 판단에 따라 시집을 가고 싶지 않았다. 생판 모르는 이한열에게 자신의 일생을 맡길

수는 없었다.

'나를 책임질 수 있는 남자인지 보겠어.'

그녀가 이한열을 똑바로 응시했다.

강렬한 시선을 접한 이한열의 눈빛이 번뜩였다.

"좋습니다."

이한열이 순순히 고개를 끄덕였다.

"둘이서 이야기를 나누고 싶어요."

그녀가 단호하게 이야기했다.

말투는 부탁이었지만 통하지 않으면 결코 물러서지 않겠다는 모습이었다. 그런 모습을 보면서 이한열의 입가에 비릿한 미소가 피어났다.

"미안합니다."

허세한은 이한열에게 고개를 들 수가 없었다.

당찬 행동으로 보일 수도 있지만 그건 좋게 봤을 때의 얘기였다. 유교적인 가치관이 강한 세상에서 지금 허은영의 행동은 무척이나 방자했다.

"이럴 줄은 몰랐는데……."

허인균의 음성이 무척이나 허탈했다.

그는 이한열과 좋은 인연으로 이어지기를 바랐는데, 허은영이 산통을 깨버렸다.

그럼에도 불구하고 이한열을 바라보는 허은영의 고개는

무척이나 빳빳했다.

"소저가 원하는 대로 단둘이 대화를 나눠 보도록 하지요. 죄송하지만 자리를 비켜 주셨으면 합니다."

이한열이 담담하게 말했다.

그의 얼굴 표정에는 어떠한 감정도 드러나지 않았다.

하지만 그 안에는 분명히 껄끄럽고 불편해하는 기색이 언뜻 보였다. 노회한 사람이라면 결코 놓칠 수 없는 부분이었다.

"함부로 행동하지 말거라."

"예의를 벗어나서는 곤란하다."

허인균과 허세한이 신신당부를 하고 방에서 나섰다.

"앉으시지요."

이한열이 앞자리를 손으로 가리켰다.

당돌하게 나서는 허은영에게 그 역시 편안하게 행동했다.

슥!

허은영이 앉으면서 방긋 웃었다.

짤랑! 짤랑!

고개를 살짝 기울인 그녀의 탐스러운 귓불에서 귀걸이가 반짝였다. 어지간한 집 한 채 가격이 넘는 비싼 귀걸이였다. 그것이 그녀의 외모를 더욱 받쳐 줬다.

"말씀은 많이 들었어요. 아버지와 백부님께서 어찌나 대인을 칭찬하셨는지 몰라요."

"그렇습니까?"

"너무 많이 들어서 귀에 딱지가 앉을 정도네요."

그녀가 혀를 빼물며 배시시 웃었다.

웃는 표정이 귀여웠고, 이한열을 상대하는 태도가 무척이나 자연스러웠다. 빤히 이한열을 살피는 눈초리도 무척이나 당돌했다.

"장래가 무척이나 창창하다고 하더군요. 배경으로 주수선 황녀가 있다면서요?"

"배경이라는 말은 과하군요."

"황녀가 힘을 써서 동창에 집어넣어 줬다면서요?"

"어떻게 하다 보니 그렇게 됐습니다."

이한열이 담담하게 말하면서 긍정도 부정도 하지 않았다.

그가 동창에 들어갈 수 있었던 건 외문무공을 익히면서 실력을 쌓았기 때문이다. 거기에 주수선과의 인연이 더해졌을 뿐이었다.

"대인을 뵙는다는 생각에 제가 잠까지 설쳤다니까요. 백부님께서는 좀처럼 칭찬을 하지 않으시거든요."

이한열의 사람 됨됨이와 장래 등에 대한 허인균의 칭찬은 상당했다.

그렇기에 허은영은 잔뜩 기대가 됐다.

오늘의 만남은 허인균과 허세한, 그리고 허은영 사이에 미리 준비된 것이었다. 그녀는 이한열이 세도가의 사람인 데다 미인인 자신과의 만남을 거절하지 않을 거라고 확신했다.

사랑을 꿈꾸는 그녀의 얼굴은 무척이나 아름다웠다.

붉게 상기된 볼에 눈처럼 새하얀 피부의 허은영이었다. 그녀가 가만히 말할 때마다 풋풋한 여인의 향기가 흘렀다.

"가난한 집에서 혼자 힘으로 성장하셨다면서요? 백부님은 대인의 자수성가를 무척이나 높게 평가하셨어요."

"가난했기에 노력했지요."

이한열이 당당하게 이야기했다.

그는 가난했다는 과거가 부끄럽지 않았다.

가난해서 노력하는 걸 포기했다면 부끄러웠을 수도 있지만, 가난했기에 미친 듯이 노력했고 마침내 성공했다는 이야기를 들었다.

"첫!"

허은영이 짧게 두툼한 입술을 비틀었다.

가난했다는 약점을 잡으려고 했지만 그것이 마땅치 않아 벌어진 소리였다. 명문가에서 태어난 그녀는 가난하고 보잘것없는 이한열의 가문을 무시했다.

많은 가문에서 혼담이 들어오고 있었고, 그녀를 사모하는 남자들도 상당히 많았다.

아름답고 멋진 그녀 앞에서 당차게 행동하는 이한열로 인해 그녀는 마음이 살짝 불편해졌다.

"진사인데 무공을 익히셨다면서요? 공부할 시간도 없을 텐데 무공을 익히셔야 하는 이유가 있나요?"

그녀가 웃으며 물었다.

학사의 입장에서 볼 때 무공 수련은 약점이 될 수도 있었다. 그리고 그녀도 무공을 수련하는 걸 탐탁지 않게 여겼다.

칼은 붓보다 약하고, 무는 문보다 아래라는 풍토가 만연했다.

"문무는 서로 상호 보완을 하는 관계이지요."

이한열의 음성은 여전히 담담하면서 부드러웠다. 다른 사람들이 어떻게 생각하는지는 중요하지 않았다. 하찮은 돌멩이라고 해도 보석보다 소중할 수 있었고, 무공은 이한열의 인생에 있어 참으로 멋지고 환상적인 동반자였다.

"돈을 벌기 위해 사업까지 한다면서요?"

"조그맣지만 제 사업을 하고 있지요."

옥화장의 영역을 고스란히 차지한 이한열이었다. 옥화장이 했던 사업들을 정리하고 괜찮은 사업들을 확장시키며 곡물과 주류, 비단 등의 사업을 중점적으로 펼쳤다.

그리고 그것들이 지금 이한열의 튼튼한 자금줄로 탈바꿈했다.

"저희는 사업을 하지 않아도 충분할 만큼의 땅이 있어요. 가만히 있어도 수만 석이 들어와요."

그녀가 자랑스럽게 이야기했다.

수주 안산의 허씨 가문은 땅 부자였고, 흉년이라고 해도 매년 엄청난 곡식을 거둬들였다. 가만히 있기만 해도 돈을 벌 수 있는 허씨 가문이었다.

자신의 가문을 자랑스러워하는 허은영을 보며 이한열은 가만히 웃었다. 유치하게 가문을 자랑하는 여인에게 구태여 반발할 필요를 느끼지 못했다.

"부모님은 시골에서 생활하신다면서요?"

"잘 알고 있군요."

"저는 결코 시골에서 살 수 없어요."

"그건 걱정하지 않아도 될 문제요."

이한열이 간단히 대꾸했다.

"결혼을 하고 난 뒤에도 우리 가문과 편안하게 오가고 싶어요."

"마음대로 하시오. 그건 나와 상관이 없는 문제이니까."

이한열이 고개를 끄덕였다.

그의 말처럼 허은영이 자기 집을 마음껏 오가는 건 그와 상관없었다.

그런데 그녀가 말뜻을 곡해했다.

"호호호! 참으로 시원해서 좋네요."

"제가 원래 시원한 편입니다."

"여자라고 해서 꼭 남자의 집안에서 생활할 필요는 없잖아요. 데릴사위라고 하는 것도 있고 말이에요."

그녀는 시골에서의 삶을 원하지 않았다. 화려하면서 편안한 북경에서 계속 지내고 싶었다.

그리고 그런 그녀의 마음을 이한열이 이해해 주고 있다고 여겼다.

쪼르륵!

이한열이 술을 잔에 따랐다.

향긋한 술 향기가 방에 은은하게 퍼졌다.

그가 단숨에 술을 들이마셨다.

"제가 술 한 잔 올리겠어요."

빈 술잔을 본 그녀가 술병을 들었다.

"내가 따르리다."

"아니에요. 제 마음에 든 가가께 술을 올리겠어요."

"그렇소? 하지만 나는 그대가 마음에 들지 않소."

이한열이 말했다.

"네?"

그녀가 눈을 동그랗게 치켜떴다.

당황한 그녀의 입이 크게 벌어졌다. 아름답던 그녀의 얼굴이 무척이나 멍청해 보였다.

"무슨 말씀이신지?"

"말뜻을 모르겠소? 인연을 맺고 싶지 않은 그대의 술을 받아서 마시고 싶지 않다는 뜻이오."

이한열이 확실하게 못을 박았다.

파르르! 파르르!

그녀의 눈꼬리가 흔들렸다.

맑은 눈동자에는 무척이나 당황한 기색이 역력했다.

눈앞에서 그녀를 이처럼 매몰차게 대한 남자는 없었다.

"어떻게 이럴 수가 있죠?"

분노한 그녀가 입술을 잘근잘근 씹으며 내뱉었다.

"오는 만큼 가는 법이오."

이한열은 거침이 없었다.

허은영의 말과 행동에는 무례한 부분이 많았다.

이한열의 말은 정중했으나 차가운 비수가 담겨 있었다.

말에 섞여 있는 비수에 찔린 허은영이 피를 철철 흘렸다. 외모는 멀쩡할지 몰라도 그녀의 마음은 크게 상처 입었다.

"백부님께서 가만히 있지 않으실 거예요."

허은영이 당차게 말했다.

그녀는 한림원 대학사인 허인균이라면 신분이 낮은 이한열을 혼낼 수 있다고 여겼다.

하지만 그건 겉으로 볼 때의 얘기였다.

분명 관리 신분은 허인균이 높았다. 하지만 관리 신분이 가진 권한은 이한열이 더욱 고고했다. 동창에 소속된 자들은 신분의 고하를 따지지 않고 사찰할 수 있는 권한이 있었다.

탈탈 털어서 먼지 안 나오는 사람은 없다.

이한열이 허인균을 털려고 마음먹으면 큰 사단이 벌어질 수도 있었다.

게다가 이한열에게는 전가의 보도라 할 수 있는 황녀 주수선이 존재했다. 황녀의 힘 앞에서는 한림원 대학사라고 해도 추풍낙엽일 뿐이었다.

"가만히 있지 않을 사람은 바로 본인이라오."

이한열이 허은영을 바라보았다.

허은영은 황궁과 관리들 세계의 역학 관계에 대해 모르는 철부지였다. 오늘의 자리를 마련한 허인균은 이한열에게 잘 보이려고 했다. 하지만 철부지인 허은영으로 인해 오히려 문제가 벌어지고 말았다.

"감히……!"

그녀가 자리에서 벌떡 일어서며 소리쳤다.

손가락으로 이한열을 가리키고 있는 그녀의 교구가 파르르 떨렸다. 크게 화를 내고 있는 모습이 무척이나 어리석었다.

"천방지축이구나."

이한열이 자리에서 일어나며 기세를 일으켰다.

고오오! 고오오!

묵직하면서 강한 기운이 그의 몸을 타고 흐르며 주변을 압박했다. 강렬한 기세가 허은영에게 고스란히 전달됐다.

"아악!"

참담한 비명을 지른 그녀의 안색이 창백해졌다.

털썩!

처음으로 접한 사납고 흉흉한 기운 앞에서 그녀는 제자리에 주저앉고 말았다.

주르륵! 주르륵!

그녀의 뽀얀 종아리를 타고 물줄기가 흘렀다.

극심한 공포에 빠진 그녀가 오줌을 지린 것이다.

"무슨 일이십니까?"

"어떻게 된 것인가?"

비명 소리에 놀란 허인균과 허세한이 황급히 안으로 들이닥쳤다. 방 안의 광경에 놀란 그들이 대경한 눈빛으로 이한열과 허은영을 살폈다.

"참으로 불쾌하군요."

이한열이 허인균과 허세한을 똑똑히 바라보며 이야기했다.

파르르! 파르르!

아직까지 놀라서 떨고 있던 허은영이 허세한과 허인균을

바라보았다.

"저 사람을 혼내 주세요."

그녀가 뾰족한 목소리로 외쳤다.

흉흉하게 일그러진 그녀의 얼굴이 악귀처럼 보였다.

"닥쳐라!"

허세한이 황급히 외쳤다. 그러면서 이한열을 향해 정중하게 허리를 숙였다.

"부족한 딸년의 무례에 제가 대신 사과를 드리겠습니다. 부디 진노를 풀어 주십시오, 대인!"

"자네를 볼 면목이 없군. 정말로 미안하네."

허인균도 이한열에게 고개를 숙였다.

이한열의 힘 앞에선 한림원의 대학사인 허인균도 작아질 수밖에 없었다.

"이럴 수가……."

믿었던 배경이 속절없이 깨어진 허은영의 입이 찢어질 것처럼 벌어졌다. 믿을 수 없다는 표정의 그녀가 고개 숙인 가족과 이한열을 멍하니 살폈다.

"너보다 잘난 사람이 세상에는 많은 법이다. 앞으로는 사람을 보면서 나서라."

이한열이 허은영을 내려다보며 말했다.

무너진 그녀의 모습에 그는 기쁨과 즐거움을 누렸다.

성공한 대가로 사람들이 그를 우러러보았다.

강제에 의해서라고 할지라도 그건 그를 무시했던 허은영도 마찬가지였다.

"오늘 일을 잊지 않겠습니다."

이한열이 말하면서 자리를 떴다.

"대인! 진정하시고 다시 이야기를 나누지요."

"부디 참아 주시게."

허세한과 허인균이 어떻게 이한열을 붙잡으려고 했지만 이한열의 발걸음에는 거침이 없었다.

저벅저벅!

이한열이 빠르게 멀어져 갔다.

그런 이한열을 따라 허세한과 허인균이 움직이면서 어떻게든 화를 풀려고 노력했다.

"아……."

허은영은 점점 작아져 가는 이한열의 등을 보며 울었다.

그녀는 지금 벌어진 일이 도무지 믿기지 않았다. 방금 전에 일어났던 일들을 뇌리에서 지워 버리고 싶었다.

"대체 무슨 짓을 저지른 것이냐?"

방으로 들어선 허세한이 소리쳤다.

붉게 달아오른 그의 얼굴은 무척이나 분노해 있었다.

"……."

처음으로 보는 부친의 화난 모습에 그녀는 아무 말도 하지 못했다.

"미친 것이냐? 잘 보이라고 신신당부를 하지 않았더냐!"

뒤따라 들어온 허인균도 목소리를 높였다.

눈에 넣어도 아파하지 않던 조카딸 허은영에게 허인균이 진심으로 분노하고 있었다.

"보잘것없는 너 하나 때문에 가문이 풍비박산할 수도 있다."

허인균이 펄펄 뛰면서 난리쳤다.

그의 머릿속은 분노한 이한열을 어떻게 달래야 하는지 복잡했다. 아무리 뛰어난 그라고 해도 뾰족한 수가 떠오르지 않았다.

"용을 얻으라고 불러왔더니 오히려 용의 역린을 건드려? 미쳐도 단단히 미쳤구나."

허인균이 허은영을 향해 소리쳤다.

"흐윽! 흑!"

허은영의 눈에서 맑은 눈물이 줄줄 흘러내렸다.

그녀는 이제야 자신이 얼마나 어리석을 짓을 저질렀는지 뼈저리게 느꼈다.

하지만 이미 벌어진 일을 되돌릴 수는 없는 노릇이었다.

第十二章

황실 풍운

쿨럭!

황제가 피를 토했다.

검붉은 피로 황제의 용포 자락이 붉게 물들었다.

'이제 죽을 날이 얼마 남지 않았구나.'

황제는 자신의 수명이 곧 끝날 거란 사실을 깨달았다.

태어날 때부터 잔병을 달고 살았던 그는 건강이 좋지 않았고, 근래 들어 심하게 악화됐다. 어의들이 최선을 다해 황제의 건강을 돌봤지만 백약이 무효했다.

진귀한 영약도 쇠약해진 황제에게는 듣지 않았다.

'재미있게 살았다.'

황제가 쇠약해진 이유에는 지나친 여탐이 컸다.

하루가 멀다 하고 새로운 여자를 탐하던 황제였다.

무능하면서 여자를 탐하는 데 열중한 황제로 인해 황실과 조정이 혼탁해졌다.

하지만 황제는 죽어 가면서도 자신의 유흥을 멈출 줄을 몰랐다.

"폐하! 괜찮으십니까?"

침소에서 알몸으로 황제의 시중을 들고 있던 어린 궁녀가 창백한 안색으로 물었다. 그녀가 고대하던 성은을 입게 된 날 하필이면 황제가 피를 토했다.

"별일 아니니 놀라지 않아도 된다."

황제는 대수롭지 않게 여겼다.

올해 들어 부쩍 객혈을 자주 하고 있었다. 다만 달라진 점이라면 객혈하는 기간이 짧아졌고, 피의 색이 보다 탁해졌다는 점이다.

"하지만……."

"이리 오너라. 우리 사이에는 말보다 육체의 대화가 더욱 필요하니라."

황제가 피 묻은 용포를 벗었다.

탄력을 잃어버린 앙상한 황제의 알몸이 드러났다.

피를 토한 황제를 대하는 궁녀의 창백한 표정은 바뀌지 않았다. 아직 가슴도 채 꽃을 피우지 못한 어린 궁녀가 황제의 피를 보았으니 놀랄 수밖에 없었다.

겁에 질린 어린 궁녀를 황제가 희롱하고 있을 때, 문밖에서는 바쁜 움직임이 일어났다.

피 묻은 용포가 침소 밖으로 나가고, 새로운 용포가 안으로 들어왔다. 궁녀와의 합방이 끝난 뒤에 황제가 입고 나갈 용포였다.

황제의 객혈 사실을 전해 들은 어의들이 침소로 달려왔다. 부리나케 움직이는 어의들의 손에는 보약과 영약들이 들려 있었다.

어의들의 부산한 움직임은 곧 사방에 전해졌다.

"커어억!"

궁녀 위에서 허리를 움직이던 황제의 입에서 신음 소리가 흘러나왔다. 검은 눈동자가 사라지고 허연 부분이 점점 늘어났다.

복상사였다.

"폐하! 정신을 차리옵소서!"

어린 궁녀의 뾰족한 음성이 울렸다.

대경한 그녀의 외침과 함께 침소의 문이 열렸다.

그 틈으로 어의들과 환관들이 밀려들어 왔다.

"황제 폐하!"

"이걸 드셔야 합니다."

어의들이 황제를 돌봤지만 이미 숨이 끊어진 상황이었다.

쇠약해진 육체로 인해 여인과의 합방을 금해야 한다고 어의들이 고했지만 방탕한 황제는 듣지 않았고, 그 결과 복상사로 이어졌다.

황제의 갑작스런 사망을 목격한 사람들이 요란하게 움직였다.

"어서 이 사실을 황태자 전하에게 알려라."

"지급이다. 이 황자에게 황제의 부고를 전해야 한다."

"빨리 움직여라. 가장 빨리 삼 황자 전하가 움직이셔야 한다."

늦은 밤, 황실과 조정이 바쁘게 움직였다.

황제의 실정으로 인해 나라 안팎의 기강은 완전히 무너졌다. 해이해진 조정에는 소인배들이 들끓었고, 그들이 권력을 차지하기 위해 날뛰었다.

삼 황자의 모친인 덕양 황비 황하진에게는 오라버니가 한 명 있었다.

황하진의 지원을 등에 업은 황대목은 북경 외곽 지역을 지키는 장군이었다.

그런데 유사시 북경을 지켜야 할 병력이 황실을 향해 움직였다.

두두두! 두두두!

기마병들이 엄청난 속도로 대로를 달렸다.

빠른 속도에도 불구하고 질서 정연한 모습이 무척이나 인상적이었다.

잘 훈련된 기마병들의 가장 선두에는 황대목이 있었다.

“촌각이 급하다. 서둘러라.”

황대목이 독촉했다.

두두두! 두두두두두!

천여 명의 기마 병력이 더욱 속도를 높였다.

약속된 봉화를 통해 황제의 부고 소식을 접한 황대목은 휘하 병력 가운데 기마 병력만을 이끌고 먼저 움직였다.

휘하에 있는 창병을 비롯한 사천 명의 보병은 부관이 이끌고 오기로 했다.

기마병까지 포함한 총 오천 명의 병력이 황실을 향해 빠르게 움직였다.

이제 얼마 후면 황제의 사망 소식이 황실과 북경, 그리고 중원 전체로 퍼지게 된다. 황대목은 그 전에 삼 황자인 자신의 조카를 황제의 자리에 올려놓아야만 했다.

황자들 가운데 삼 황자의 힘이 가장 부족했다.

일 황자는 황태자라는 위치 덕분에 무능해도 지지하는 사람들이 적지 않았고, 황자들 가운데 가장 능력 있는 이 황자의 옆에는 뜻있는 사람들과 일 황자의 무능을 싫어하는 자들이 모여 있었다.

하지만 일 황자처럼 무능하며 욕심이 많다고 소문난 삼 황자를 따르는 사람들은 많지 않았다.

삼 황자가 차기 황제로 올라서기 위해서는 황궁을 장악해야만 했다. 그 뒤에 있지도 않은 황제의 유언장을 들먹이며 삼 황자를 추대하면 된다.

"최우선적으로 삼 황자를 보호하면서 황태자와 이 황자의 신병을 확보해야 한다."

황대목은 무력으로 거치적거리는 다른 황자들을 처리할 생각이었다. 황태자와 이 황자가 움직이기 전에 번개처럼 황궁을 점령해야만 했다.

스팟!

그의 눈에서 시퍼런 살기가 일렁였다.

하지만 황궁을 향해 움직이는 건 황대목뿐만이 아니었다.

북경을 호위하던 병력이 원래 있어야 할 위치를 이탈하였고, 금의위가 황궁 전체에 깔렸으며, 금군도 비상사태를 인식했다.

얽히고설킨 관계의 사람들이 차기 황제를 옹립하기 위한 다툼에 발을 디뎠다.

황제의 붕어 소식을 접한 조정의 대신들과 황족들이 속속 황궁으로 모였다. 황제의 사망에 슬퍼하는 표정을 지은 자는 소수에 불과했다. 차기 황제를 누구로 옹립하느냐 하는 문제로 사람들이 의견을 나눴다.

황실이 바빠졌다.

황제의 자리는 비워 둘 수 없는 것!

당장 차기 황제가 즉위해야 했고, 선황제의 장례와 함께 차기 황제 등극에 있어 채비를 서둘러야 했다.

하지만 누가 황제가 될지는 아무도 몰랐다.

이 시간, 이한열은 동창에 머무르고 있었다.

주수선 황녀가 준 보석과 패물로 해동의 산삼을 복용한 그는 상당히 기분이 좋았다. 해동 산삼은 중원의 산삼보다 훨씬 탁월한 효과를 보였다.

"군주 마마가 부르신다."

슬픈 표정을 여실하게 드러낸 원평이 이한열에게 이야기했다.

"무슨 일이라도 있으십니까?"

"군주 마마에게 가면 듣게 되겠지만 미리 안다고 해도 무방하겠지. 폐하께서 붕어하셨다."

원평의 얼굴에는 슬픔이 가득했다.

비록 무능하고 방탕한 황제였지만 원평에게는 좋은 사람

이었다. 그가 달콤한 아첨을 아뢰면 황제는 진귀한 보석들을 듬뿍 안겨 줬다.

무능한 황제였기에 적당히 보필하기가 참으로 수월했다.

이한열의 안색이 창백하게 변했다.

황제의 죽음으로 인해 피비린내 나는 황자들의 다툼이 벌어질 거란 현실을 인지했다.

그것도 바로 지금부터…….

황궁에서 죽고 죽이는 일이 벌어지게 된다.

"죽지 말고 살아남아서 보세."

원평이 그 말과 동시에 등을 돌렸다.

그는 살아남기 위해 해야 할 일이 무척 많았다. 먼저 동창 외, 내부에서 적대하는 파벌들을 제압해야만 했다.

"공공의 안녕과 함께 차후에 멀쩡한 모습으로 다시 뵙기를 기대하겠습니다."

이한열이 원평의 등에 대고 진심으로 이야기했다. 그리고 빠른 걸음으로 자신을 기다리고 있는 주수선 황녀에게로 갔다.

주수선이 있는 숙소 곳곳에는 이미 창칼을 휴대한 금군 위사들과 금의위 등이 배치되어 있었다. 금방이라도 그들의 날카로운 병기가 움직일 것만 같았다.

황궁 전체에 불길한 기운이 흘렀다.

주수선 황녀 옆에는 평소에 있던 환관과 궁녀들 대신 갑옷을 걸친 금의위 위사들이 있었다. 황태자가 친동생인 주수선의 안위에 많은 신경을 썼기 때문이다.

"부르심을 받고 왔습니다."

이한열이 고개를 숙이며 아뢰었다.

"잘 왔다."

아버지인 황제가 죽었음에도 불구하고 이한열을 맞이하는 주수선의 표정은 태연했다.

"너무 심려치 마시옵소서. 모든 건 순리대로 흘러갈 것이옵니다."

황제가 황태자로 일 황자를 내세웠다.

비록 지금에 와서 황태자라는 사실이 빛을 바래기는 했지만 명분은 분명 일 황자에게 있었다.

"순리대로 흘러가기에 황자들의 다툼이 벌어진다. 입에 발린 소리 하지 마."

주수선이 직설적으로 입을 열었다.

욕심이 가득한 세 황자들이 차기 황제의 위치에 오르기 위해 서로 칼을 뽑았다.

진실이 그러했기에 이한열로서도 더 이상 허언을 내뱉을 수가 없었다.

"살아남기 위해 다른 사람들의 목숨을 취해야 한다. 그건

이 황자와 삼 황자라고 해도 다르지 않지. 그들 입장에서는 내 목도 가져가야 할 대상이야."

황제의 지위에 오르면 천하를 다스릴 수 있다.

황제에게 권력을 나눌 이복형제들의 목숨 따위는 쉽게 버릴 수 있는 것이었다.

"제가 있는 한 누구도 군주 마마의 목을 가져가지 못할 것입니다."

이한열이 다부지게 이야기했다.

황태자파에 속한 이상 주수선의 목이 잘릴 경우 이한열은 살아도 산 것이 아니었다. 그런 일이 발생하면 어떤 황자에 의해서든 이한열의 죽음은 확정된 것이었다.

"호호호! 누가 누구를 지켜 준다는 거지? 넌 나보다 약하잖아."

주수선이 짤랑짤랑한 웃음을 터트렸다.

"훗!"

"외문무공으로 뭘 한다는 건지 모르겠군."

특급 경계를 펼치고 있는 뛰어난 실력을 지닌 금의위 위사들도 이한열을 비웃었다. 그들이 볼 때 외문무공을 익힌 이한열의 실력은 무척이나 미천했다.

"단단한 몸뚱이는 믿을 만도 하지."

하지만 그런 이한열을 정겹게 대하는 그녀였다.

편안하게 지내는 이한열의 말에서 진심을 느꼈기 때문이다.

"창문과 방문을 활짝 열어라."

주수선이 말했다.

"위험합니다."

금의위 기명현이 반대했다.

창문과 방문을 통해 화살이나 비수 등이 날아올 수도 있었다.

"뭐가 무서워서 몸을 꽁꽁 숨기겠느냐?"

"다시 한 번 재고해 주십시오."

"이한열 진사가 나를 지켜 준다고 했다. 화살이 날아온다면 그가 몸으로 막을 것이다. 숙소의 모든 문을 열어라!"

주수선이 기명현의 만류를 뿌리쳤다.

"알겠습니다."

경호를 책임지고 있는 수장, 금의위 기명현이 결국 수락했다. 그러면서 그는 창문과 방문에 금의위 사람들을 배치하고 금의위 위사들이 언제라도 반응할 수 있도록 사방을 삼엄하게 살폈다.

"별빛과 달빛이 은은하게 비치는 정원의 풍경이 참으로 환상적이네. 그렇지 않아?"

"아름답습니다."

황녀가 머무르는 곳이기에 각별하게 관리되고 있는 정원이었다. 그윽한 향기를 뿌리고 있는 기화요초들이 저마다 아름다운 모습을 뽐냈다.

"여기에 피가 거름으로 뿌려지겠지. 다음에 심어질 화초의 꽃망울은 유난히 탐스럽겠어."

주수선이 흉악한 소리를 툭툭 내뱉었다.

그때였다.

"멈춰라!"

"이곳은 주수선 황녀께서 거처하시는 공간이다. 물러나라."

금군들이 노인을 향해 소리쳤다.

털썩!

철퍽!

노인을 막아선 금군들이 제자리에서 그대로 쓰러졌다.

삼엄하게 경계를 서고 있던 금군들이 추풍낙엽처럼 땅바닥을 뒹굴었다. 전각으로 향하는 노인의 앞길이 확 뚫렸다.

"주의하셔야겠습니다. 초고수입니다."

금의위 위사가 잔뜩 긴장한 기색을 역력히 드러냈다.

허연 백발을 바람에 흩날리고 있는 한 노인이 편안한 걸음으로 건물을 향해 다가오는 중이었다. 청하지 않은 노인의 등장에 실내의 분위기가 무거워졌다.

"어떻게 금군을 제압하는 것이지?"

"심상치 않은 노인이다."

금의위 무인들이 허둥거렸다.

"지풍이야. 무음회선지를 사용하고 있어."

주수선이 노인이 사용하는 무공을 알아보았다.

무음회선지는 아무 소리도 내지 않는 무음의 지풍이다. 당하는 입장에서는 무음회선지에 어떻게 당하는지도 모르고 쓰러진다.

"용케 알아보았구나."

노인의 눈에 이채가 어렸다.

"수호각의 멸마진인께서 황권 다툼에 끼어드는 건가요?"

"오! 수호각까지 알고 있었느냐?"

"흥! 수호각은 오직 황제의 명령만 듣는 호위 무사들이잖아요."

수호각의 사람들에게는 황녀인 주수선도 함부로 말을 하지 못했다. 그만큼 대단한 사람들만 수호각에서 활동하였다.

수호각은 어둠 속에서 만인지상의 황제를 보호하는 단체이다. 고절한 무위와 충성심을 인정받은 사람만이 수호각에 소속될 수 있었다.

멸마진인은 공동파의 전대 대장로로, 악을 병적으로 싫어했다. 사마외도를 상대로 일말의 인정도 베풀지 않은 그의 손에선 피가 마를 날이 없었다. 멸마진인의 극단적인 사마외도 척살로 인해 정사마 사이에 대규모의 전쟁이 벌어질 뻔하기도 했다.

너무 많은 사마외도를 죽인 탓에 정파에서까지 터부시되는 존재였다. 심지어 공동파에서마저 멸마진인을 어려워했다.

그런데 강호에서 종적을 감춘 멸마진인이 황실의 수호각에 소속되어 있었다.

사실 멸마진인은 처음부터 황실의 사람이었다.

황실 소속으로 공동파에 들어가 대장로의 위치에까지 오른 것이다.

강호 무림에는 황실에서 내보낸 무인들의 숫자가 적지 않았다.

"황제가 없으니 움직여도 무방하다."

"궤변에 불과해요. 차기 황제가 등극할 때까지 돌아가서 자리를 지키세요."

"무능한 황제가 등극하게 놔둘 수는 없지. 무능은 죄이며 악이니까."

멸마진인의 눈에서 가공할 기운이 폭사됐다.

쿠아아! 쿠아아아!

순간 일대에 강한 경력이 휘몰아쳤다.

대기의 기운들이 멸마진인을 향해 몰려들었다.

우우우웅! 우우우웅!

자연과 동화하고 있는 멸마진인의 마음에 살기가 흘렀다. 그러자 정원에 심어져 있던 기화이초들이 시들어 가기 시작했다. 살기 앞에서 방금 전까지 파릇파릇하던 기화이초들이 생명의 기운을 잃어버렸다.

멸마진인은 기세만으로 사람을 죽인다는 의형살인의 경지에 올라섰다. 마음에서부터 죽기 시작한 금의위 무사들이었다.

"크으윽!"

"윽! 피해야 한다."

"컥! 벗어나자."

지독한 살기 앞에서 금의위 위사들이 비명을 토했다. 몸에 있던 생기가 빨려 나가자 그들은 황급히 살기의 권역에서 벗어났다.

가장 먼저 경호를 책임지고 있는 기명현이 도망쳤다. 수장이 먼저 발을 빼자 다른 자들도 잽싸게 튀었다.

주수선을 보호하던 인의 장막이 너무나도 수월하게 벗겨졌다.

오직 이한열만이 그녀의 곁에 남아 있었다.

"역시 주둥아리로 떠드는 것들은 믿을 게 못 돼."

주수선이 살기 위해 도망친 사람들을 보며 싸늘한 미소를 피워 냈다.

투철한 사명감을 가졌다면 설령 죽는다 하더라도 금의위 위사들은 고귀한 황족을 위해 피를 흘려야 했다. 그런데 위급한 상황이 닥치자 재빨리 몸을 돌려 달아났다.

"기회가 닿으면 수호각의 무인들과 손을 섞어 보고 싶었죠."

주수선이 의자에서 일어서려 했다.

슥!

한 걸음 내디딘 이한열이 주수선의 앞으로 나섰다.

"지켜 드린다고 했습니다. 제가 먼저입니다."

이한열이 말했다.

그는 생기를 빨아들이는 멸마진인의 살기 앞에서도 당당하게 서 있었다.

파라락! 파라락!

그의 옷자락이 찢어질 것처럼 나부꼈다.

"입 밖으로 내뱉은 말을 지켜야 할 것이다."

"궁중에 허언이란 있을 수 없는 법이지요. 앉아서 편하게 지켜보고 계시면 됩니다."

자신감 넘치는 이한열을 본 주수선이 일어나려다 말고 다시금 의자에 주저앉았다.

"외문무공만 익힌 네가 나의 무형살기 앞에서 버티다니 참으로 놀랍구나. 육체만 놓고 볼 때 완성되어 있다고 해도 무방하겠어."

"군주 마마의 은덕 덕분입니다."

혈혼피가 무형살기의 흉험함을 일차적으로 줄였다. 그리고 몸의 생기가 밖으로 빠져나가지 않도록 통제했다. 천인혈골이 몸 안에서 튼튼하게 무형살기에 대응하였다.

이한열은 혈혼피와 천인혈골 덕분에 눈곱만치의 손해도 입지 않았다.

두 마병 모두 주수선이 이한열에게 준 것이다.

그렇다고 해서 무턱대고 이한열이 멸마진인과 싸우겠다고 나선 것은 아니었다.

'마병들이 대결을 원하고 있어.'

이한열은 천인혈골과 혈혼피에 대해 많은 연구를 펼쳤다. 각별한 관심을 기울이게 되면서 영성을 지닌 두 마병들에 대해서도 더 잘 알게 됐다.

영성을 지닌 마병들은 본능적으로 자신에게 이득이 되는 걸 깨닫는다. 마병들이 획득하는 이득은 이한열이 오랜 시간 수련하는 것보다 많은 힘이었다. 그리고 마병의 이득은 자연스럽게 그 주인에게로 전달된다.

우우우우! 우우우웅!

정원으로 나선 이한열의 몸에서도 용음이 흘렀다.

살기를 접한 마병들이 깨어나면서 역천진기를 뿜어내고 있었다. 사람을 잡아먹고 성장한 마병들에는 선천진기와 반대되는 파멸적인 기운들이 섞여 있었다.

마병의 역천진기들이 마를 멸하는 멸마진인의 기운 앞에서 눈을 떴다.

우우우웅! 우우우우웅!

용음이 더욱 커지면서 이한열의 몸에서 선천과 역천의 기운이 함께 흘렀다. 선천진기가 자연스럽게 바람처럼 유영했고, 역천진기가 굉음을 토하면서 날뛰었다. 육체 안에서 날뛰는 두 이질적인 기운들이 이합집산하며 더욱 소리를 높였다.

마병들이 토해 내고 있는 역천진기가 이한열의 선천진기보다 더욱 많았다. 선천진기가 역천진기의 압도적인 양 앞에서 밀리고 있었다.

후우우우우! 후우우우우!

정원에 넘실거리는 생기들이 이한열의 팔만사천 모공을 통해 스며들었다. 그것들은 멸마진인의 무형살기 앞에서 만들어진 자연의 생생한 기운들이었고, 거기엔 금의위 무인들에게서 뽑혀져 나온 생기도 포함돼 있었다.

후우우웅! 후우우우우웅!

생기들이 끊임없이 이한열에게 몰려들었고, 육체로 들어온 생기들이 선천진기에 합류하였다.

역천진기에 비해 부족하던 선천진기들이 빠른 속도로 늘어났다. 방금 전 실개천처럼 흐르던 선천진기들이 강물이 되어서 흘렀다.

여러 가지 상황이 복합적으로 작용하여 발생한 기연이었다.

"놈! 나를 속였어."

"뭐를 속였다고 하는 것이오?"

"피를 부르는 사이한 기운을 몸에 지니고 있었구나."

"사이하면 나쁜 것이오? 기에는 선악의 구별이 없소. 다만 그걸 사용하는 사람에 따라서 변할 뿐이지요."

마공을 익히면 무조건 나쁜 사람이고, 정공을 익히면 착한 사람이라는 말은 참으로 극단적인 흑백논리였다. 엄청나게 폐해가 많은 구분법을 진인이라는 사람이 쓰고 있었다.

"갈!"

역천진기를 느낀 멸마진인이 일갈을 터트렸다.

퍼퍼퍽! 퍼퍼퍽!

금군의 사람들을 허무하게 쓰러뜨린 무음의 지공이 이한열의 몸에 작렬했다.

스읏!

이한열의 몸이 앞뒤로 살짝 흔들렸다. 하지만 제자리에서

한 발자국도 움직이지 않은 채 그는 여전히 꼿꼿하게 서 있었다.

무음회선지는 이한열에게 어떠한 피해도 입히지 못 했다. 단단해진 육체와 근래 있었던 기연들, 그리고 두 개의 마병이 작용한 덕이었다.

"시원하군요."

이한열이 입가에 미소를 지으며 말했다.

"놈! 하늘 위에 하늘이 있다는 사실을 알려 주마. 이 자리에서 한 발자국도 움직이지 않고 상대해 너의 미천함을 알도록 해주겠다."

멸마진인이 공동파의 육합구소신공을 본격적으로 운용하였다.

"내가 알고 싶은 건 극단적인 사상을 가진 당신이 어떻게 진인이라 불리냐는 것이오?"

이한열은 진심으로 궁금했다.

참된 도를 깨우친 사람이 진인이라는 소리를 듣는다.

멸마진인은 진인이라는 이야기를 들을 정도로 정신 수양이 된 인간이 아니었다. 대다수 사람들에게 그는 힘으로써 살육의 도를 깨우쳤다는 비아냥거림을 들었다.

"역시 머릿속까지 썩은 종자로다."

멸마진인이 하얀 수염을 나부낄 정도로 격노했다.

"이제 알겠다. 말이 막히면 힘으로 남을 찍어 누르는 그대는 진인이 아니다."

이한열이 확신했다.

콰릉!

멸마진인의 좌수가 번뜩거리는 순간 뇌성음이 울렸다.

유형화된 복마장법의 강맹한 기운이 이한열을 그대로 강타했다. 밤하늘의 별처럼 영롱하게 빛나는 장강이 복부에 작렬했다.

주르륵! 주르륵!

이한열이 삼 장가량 뒤로 물러났다.

그가 밀려난 땅 위에는 깊숙한 고랑이 파여 있었다.

장강이 작렬한 부위의 옷이 먼지가 되어 사라졌다. 하지만 맨살을 드러낸 복부에는 어떠한 생채기도 보이지 않았다.

"힘으로 해결을 보려는 그대가 오히려 악에 가깝다."

이한열이 멸마진인을 질타했다.

철렁!

멸마진인의 눈동자가 크게 요동쳤다.

"참된 사람이 되거라."

공동파에서 스승으로 모신 적멸존자의 마지막 말이 뇌리

에 떠올랐다.

적멸존자는 무공을 숨기고 문파에 들어온 멸마진인을 한눈에 알아보았다. 그의 따뜻한 배려로 인해 공동파에 무사히 들어선 멸마진인이었다.

만약 적멸존자가 문파와 스승을 속였다는 사실을 밝혔다면 멸마진인은 강호에 나서지도 못하고 근맥이 끊어지고 단전이 망가졌으리라!

적멸존자를 존경하게 된 멸마진인은 그 이후 진인이 되기를 소원했다. 그리고 공동파 최고수가 되고 난 뒤 자신을 멸마진인이라 칭하고 돌아다녔다.

강호에서도 공동파 최고수로 대우해 줬기에 그대로 멸마진인이라 칭했다.

하지만 지금 그런 거짓된 포장이 이한열의 신랄한 말 앞에서 벗겨졌다. 즉각적으로 잘못된 부분을 조목조목 이야기하는 이한열의 눈빛이 서늘했다.

파르르! 파르르!

치부를 들킨 멸마진인이 눈을 희번덕거렸다.

"모두 죽여 주마!"

살육의 도를 깨우쳤다는 평가를 받는 멸마진인이 살기를 줄기줄기 뿜어냈다. 치부를 알게 된 사람들을 모두 죽여 입을 막아 버릴 속셈이었다.

"진인을 화나게 만든 저놈이 문제야."

"죽으려면 혼자 죽지, 뭐가 잘났다고 날뛰는 건지 모르겠어."

"미친놈아!"

멀찌감치 떨어져서 지켜보고 있던 금군과 금의위 위사들이 이한열에게 불평을 토해 냈다. 멸마진인의 살기 어린 눈빛과 기세를 본 그들은 벌벌 떨어 댔다.

"도망치자."

"아아악!"

공포에 질린 사람들이 멸마진인에게서 벗어나기 위해 사방으로 달아났다. 하지만 그런 허술한 움직임이 그들의 생을 완전히 끊어 버렸다.

"도망치는 놈은 가장 먼저 죽는다!"

멸마진인이 가볍게 손을 내저었다.

푸화확!

그의 손가락 끝에서 일어난 강기가 수평으로 그어졌다.

쩌어억!

공간이 갈라졌다.

매서운 강기에 의해 달아나던 사람들이 두 조각으로 절단됐다.

"크아아악!"

"악!"

십여 명의 비명 소리가 사방에서 울렸다.

도망친 사람들 모두 멸마진인의 손 아래에서 고혼이 되어 버렸다. 멸마진인의 강기는 번개처럼 빨랐고, 날아갈 수 있는 범위 또한 넓었다.

"허억! 모두 죽었어."

"죽은 목숨이나 다름없어."

살아남은 사람들이 망연자실한 표정을 지었다.

"치부를 들켰다고 사람들을 도륙하다니, 역시 그대는 나쁜 작자요."

이한열이 화살처럼 빠른 속도로 멸마진인을 향해 나아갔다.

콰앙! 쾅!

멸마진인의 두 손이 가볍게 휘날릴 때마다 연신 폭음이 일어났다.

스팟!

두들겨 맞으면서도 꿋꿋하게 앞으로 나아가는 이한열의 두 눈에서 뜨거운 기운이 일렁였다. 심장과 단전 등 치명적인 부위를 맞자 고통이 밀려왔다.

그럼에도 불구하고 이한열의 입에서는 신음 소리가 새어 나오지 않았다.

몸을 강타하는 충격으로 인해 멸마진인에게 나아가는 이한열의 속도가 늦어졌다.

푸욱! 푹!

강한 힘이 실린 이한열의 발이 땅에 푹푹 박혔다.

"누가 박살 나나 붙어 보자."

멸마진인이 이를 부득 갈면서 소리쳤다.

고오오오! 고오오오!

그의 양손에서 영롱하게 빛나던 두껍고 긴 장강이 점차 줄어들기 시작했다. 그리고 마침내 장강의 크기가 어린아이 주먹처럼 작아졌다.

전신의 내공이 장환에 응집됐다.

강기를 극도로 압축한 장환이었다.

크기가 작은 장환이었지만 그 위력은 작은 언덕을 없애 버릴 정도로 엄청났다.

"가라!"

멸마진인이 위타복마의 초식으로 장환을 날렸다.

콰아아앙!

장환이 그대로 이한열의 머리를 강타했다.

엄청난 기운의 폭발과 함께 흙먼지가 자욱하게 피어났다.

패액!

이한열의 머리가 부러질 것처럼 뒤로 확 꺾였다. 허공에 붉은 핏물이 확, 하고 튀었다.

"더 이상 버틸 수는 없을 것이다."

멸마진인은 이한열의 죽음을 믿어 의심치 않았다.

"이번 건 제법 짜릿했소."

이한열이 입꼬리에 붉은 피를 흘리며 꿋꿋하게 다시금 전진했다. 흙먼지 사이로 보이는 그는 나름 멀쩡해 보였다. 비록 머리카락이 산발하고 옷이 여기저기 찢어져 있었지만…….

"이럴 수가……."

멸마진인의 마음에 두려움이 슬며시 일어났다.

외문무공의 최고봉인 금강불괴가 무엇인지 이한열이 보여주고 있었기 때문이다.

실상 장환을 맞고도 버틴 건 금강불괴여서가 아니었다. 혈혼피와 천인혈골 덕분에 아직까지 살아서 숨을 쉴 수 있었다.

"한 번으로 안 되면 여러 번 공격하면 된다."

멸마진인이 재차 장환을 날렸다.

콰아앙! 쾅!

이한열이 몸으로 장환을 맞았다.

커다란 폭음이 터지면서 가공할 경력이 주변으로 확 비산했다.

주르륵! 주르륵!

이한열의 입에서 붉은 피가 연신 흘러나왔다.

장환이 일으키는 충격이 그의 내부를 진탕시키고 있었기 때문이다.

내가중수법에 당한 것처럼 오장육부가 상처 입었다.

저벅저벅!

전력을 다하고 있는 이한열이 거의 걷는 속도로 나아갔다. 장환에 연속적으로 얻어터지자 정신을 차리기가 힘들었다.

꾸준하게 접근한 이한열은 마침내 멸마진인의 일 장 안으로 거리를 좁혔다.

“이제 곧 주먹맛을 보여 주겠소.”

꾸욱!

이한열이 강하게 주먹을 움켜쥐었다.

고오오! 고오오오!

그의 오른손에 무서운 기운이 넘실거렸다.

앞을 가로막는 걸 그대로 꿰뚫어 버릴 기운들이 집중됐다.

파르르! 파르르!

멸마진인의 마음에 두려움이 폭풍처럼 일어났다.

‘죽을 수도 있다.’

주춤!

멸마진인은 제자리에 서 있겠다는 말을 저버리고 뒤로 한 걸음 물러났다. 보법과 신법을 발휘하면 외문무공을 익힌 이한열이 그의 옷자락도 건드리지 못할 것이다.

배교 외가비망의 쾌속신체가 발휘됐다.

파악!

이한열이 바람처럼 표홀하게 멸마진인의 면전으로 질주하였다. 일방적으로 얻어맞으면서도 비장의 한 수로 숨겨 둔 것이었다.

반짝!

이한열의 눈빛이 번뜩였다.

빠아악!

그의 주먹이 멸마진인의 얼굴에 그대로 파묻혔다.

주먹 가득 전해져 오는 묵직한 감촉에 이한열이 감격스런 표정을 지었다. 이 한 방을 때리기 위하여 모진 고생을 감당해야만 했다.

"크아아악!"

얼굴이 함몰되다 못해 깨진 멸마진인이 줄 끊어진 연처럼 훌훌 날아갔다.

쿠당탕!

땅바닥에 거칠게 뒹구는 그의 얼굴에서 붉은 피가 줄줄 흘러나왔다.

'첫 살인이군.'

이한열은 시체를 바라보며 얼굴을 찡그렸다.

처음으로 타인의 생명을 빼앗은 감정은 말로 표현하기 힘들 정도로 씁쓸했다.

가정이지만 만약 멸마진인이 스스로 움직이지 않겠다는 제약을 두지 않았다면 이 생사투의 승패가 바뀌었을 수도 있다. 다시 오지 않을 기회였기에 이한열은 내뻗는 주먹에 일격필살의 기운을 담았다.

그 결과, 멸마진인의 목숨이 세상에서 사라졌다.

"대역무도한 자를 처리했을 뿐이니 신경 쓰지 마."

어느 틈엔가 의자에서 일어난 주수선이 이한열을 다독거렸다.

"네."

"몸은 어때?"

"심맥이 다치고 뼈와 근육이 다쳤습니다."

"움직이는 데 지장은?"

"괜찮습니다."

혈혼피와 천인혈골이 상처 입은 부위를 빠른 속도로 회복시키고 있었고, 잔뜩 늘어난 선천진기들이 예전보다 다친 부위를 더욱 튼튼하게 해줬다.

"여기에서 가만히 있을 일이 아니다. 오라버니에게 가야겠다."

"알겠습니다."

이한열은 주수선의 말을 따랐다.

수호각의 멸마진인까지 움직인 광경을 목격했기에 오라버니를 걱정하는 주수선의 마음은 무척이나 흔들렸다. 게다가 이한열이라면 황태자에게 큰 도움이 될 수 있을 것이었다.

"따르겠습니다."

"금의위가 앞길을 열겠습니다."

멀찌감치 도망쳤던 금의위와 금군의 사람들이 앞다퉈 주수선에게 몰려왔다.

"다가오지 말고 사라져라. 다시 내 눈에 띄면 어깨 위에 달린 목이 온전하지 못할 것이다."

주수선이 싸늘하게 외쳤다.

그녀의 눈동자에는 방금 전 도망쳤던 자들에 대한 분노가 일렁였다.

"잘못했습니다. 다시 한 번만 기회를 주십시오."

기명현이 무릎을 꿇고 애걸했다.

퍼억!

주수선의 발이 그런 그의 가슴을 그대로 강타했다.

"크아악!"

피 분수를 뿌린 기명현이 땅바닥에 뒹굴면서 혼절했다. 갈비뼈가 부러진 그의 안색이 무척이나 창백하였다.

"더 이상의 배려는 없어. 모두 내 눈앞에서 사라져."

주수선이 서슬 퍼렇게 선언했다.

지켜보고 있던 금의위와 금군의 사람들이 침음을 삼켰다. 이제 그들은 황태자가 다음 황위에 오른다고 해도 빛을 볼 수 없었다.

잘못된 선택으로 인해 관직 생활이 끝난 것이다.

"가자! 길을 열어라."

"모시겠습니다."

황실의 풍운 속으로 이한열이 성큼성큼 걷기 시작했다.

'등이 듬직해 보이네.'

주수선이 바로 뒤에서 걸으며 속으로 중얼거렸다.

평소 작게만 보이던 이한열의 등이 오늘따라 산처럼 거대하게 보였다.

〈다음 권에 계속〉